Le Souffle des Marquises

À Yara D., petite marquise au souffle long.
À Sam K., qui n'a pas ses oreilles dans sa poche,
et D. K., son père, qui n'a pas sa langue dans ses babouches.
M. B.

À Tom et Antoine B. pour quand ils sauront lire.
M-P. F.

9, rue Victor-Massé
75009 Paris
www.naive.fr
Loi 49-956 du 16 juillet 1949 sur les publications destinées à la jeunesse
Dépôt légal : premier semestre 2008
N° d'édition : 81 – NL081
ISBN : 978-2-35021-104-6

Couverture : Miles Hyman
Conception : Les Associés réunis, Paris

Imprimé et broché par Normandie Roto Impression s.a.s.
61250 Lonrai (France). N° d'impression : 080782

Muriel Bloch et Marie-Pierre Farkas

Le Souffle des Marquises

naïve

PROLOGUE

Bon sang ne saurait mentir

Elle arriva par un soir rare de pleine lune et d'orage.

Dans la salle des fêtes de Lille, on célébrait sainte Cécile, patronne des musiciens. Les Crickmouils, fanfare amateur, savouraient les tripes à la mode du Nord. Tous buvaient et chantaient à pleins poumons. Ils trinquaient à l'amour, aux femmes, à l'amitié. Les jupes des serveuses frôlaient de près les mains des musiciens, les regards s'entremêlaient, les sourires se répondaient. Ce 22 novembre 1852, Arsène Leblanc, plombier-gazier de son état, premier piston de l'orphéon, se vit décerner la grand-croix de l'ordre de la Gueule.

Émile, le chef de la fanfare, se leva.

« Arsène, je te décore de l'ordre du plus solide coup de fourchette !

– Et des plus forts coups de gueule ! » insista son voisin.

Arsène se fit un peu prier pour prendre la parole. Il remonta ses bretelles, puis, lentement, se leva en écartant sa chaise, enfonça sa casquette sur ses oreilles et se racla la gorge. Il s'apprêtait à livrer un discours de remerciements qu'il avait appris par cœur quand la porte du fond de la salle s'ouvrit avec fracas. Une femme trempée jusqu'aux os fit irruption.

« Arsène Leblanc ! C'est fait ! Tu es papa ! »

La salle reprit la nouvelle : « Arsène... Papa !... » Les mêmes mots se promenèrent de table en table.

« Trinquons, fêtons le nouveau-né ! »

Arsène n'avait perçu qu'une partie de l'annonce ; il était père et heureux, prêt à célébrer dignement l'événement. Mais il finit par comprendre que sa progéniture s'appelait Éléonore et là, d'un coup, son regard s'assombrit.

« Aïe, aïe, aïe, une fille ! »

Arsène aurait préféré un autre garçon. Chez les Leblanc, une fille signifiait un musicien de moins dans la famille. En ce temps-là, on pensait comme ça : les garçons à l'orphéon, les filles aux aiguilles ! Et Arsène se moquait pas mal du tricot, il aimait la musique, rien que la musique. Ce soir-là, le premier piston des Crickmouils de Lille but plus que de raison. Il gagna ainsi en prime la petite-croix de la Gueule de Bois.

PREMIÈRE PARTIE

CHAPITRE I

Pas de piston pour les filles !

« On n'envoie pas une fille à Paris parce qu'elle joue de la musique ! »

Arsène fut intraitable. Il avait surpris sa petite Éléonore en train de souffler dans un cornet à pistons en cachette. Pour lui, c'était inacceptable.

« Chez moi, les filles ne font pas de musique. C'est comme ça et pas autrement. »

Arsène était un grand gaillard au cœur tendre, bon camarade, bon ouvrier, bon mari, mais borné. Il avait rêvé d'un fils mélomane et vaillant. Paul était né, certes, mais il était de constitution fragile : un teint d'endive, le souffle court, de mauvaises dents et des lèvres sans qualité. Arsène avait envisagé pour lui une brillante carrière musicale, or, chaque fois qu'on lui demandait de jouer du piston, le pauvre Paul saignait du nez.

En revanche, cette petite Éléonore, née un soir d'orage

et de pleine lune, un soir de Sainte-Cécile et de cuite mémorable, montra très vite une sensibilité musicale exceptionnelle. Déjà, dans son berceau, elle tournait la tête dès que les oiseaux pépiaient dans leur cage, souriait quand sa mère fredonnait. Très vite, elle sut parler, marcher, mais surtout chanter. La plus fine mélodie, le moindre petit air qu'elle entendait, même rien qu'une fois, elle le retenait, le chantonnait ou le sifflait aussitôt.

Dès l'âge de sept ans, en cachette de son père, Éléonore s'essaya au piston. Quand une fanfare passait dans la rue des Chats-Bossus, elle se précipitait à la fenêtre. Mais la moindre fausse note, un simple couac pouvait la faire tourner de l'œil : « J'ai mon dedans dehors », soupirait-elle.

Amélie, sa mère, s'en inquiéta plusieurs fois auprès de ses voisines : personne n'avait jamais connu pareil cas. Le docteur conclut que l'enfant avait l'oreille très sensible et que c'était un don : « Cette petite a besoin de musique : apprenez-lui à jouer d'un instrument.

– Mais mon mari ne veut rien entendre, et je n'arrive pas à le faire changer d'avis. »

Faute de convaincre Arsène, Amélie fit prendre en secret à sa fille des cours de cornet à pistons. Puisque jouer était bon pour sa santé, Paul montait la garde et encourageait sans cesse sa petite sœur : « Je te jure, tu progresses, c'est plus souple, plus harmonieux : tu joues presque comme papa. Petite sœur, tu as du souffle et une oreille fabuleuse, moi, j'ai les poumons trop petits. »

Admiratif, Paul confiait volontiers son instrument à sa sœur. Quand il n'avait pas sa mauvaise toux, il lui racontait comment un âne, un chien, un coq et un chat abandonnés par leurs maîtres respectifs s'étaient rencontrés et associés pour réaliser le rêve de l'âne : devenir musiciens de fanfare, dans la ville de Brême.

« Et ils ont fini par jouer là-bas : le chien de la trompette, le chat du cor de chasse, l'âne du cornet, le coq battait le tambour, et ils ont eu beaucoup de succès. »

La petite Éléonore finissait le conte en frappant dans ses mains. Un jour, elle demanda à son frère : « C'est où, Brême ? Loin de la lune, tu crois ? »

Éléonore inventa un jeu : elle dirigeait la fanfare des animaux musiciens de Brême et ils s'entraînaient à souffler jusqu'à la lune ! Elle-même montrait l'exemple : l'enfant gonflait ses joues comme celles d'un ange et elle soufflait le plus fort possible dans le cornet à pistons, puis, très vite, elle essayait d'apercevoir les notes lâchées en l'air comme des ballons. Éléonore affirmait qu'elle les voyait très nettement monter jusqu'à la lune, puis retomber.

Mais hélas pour le frère et la sœur, un matin, Arsène surprit sa fille en plein concert. Dans la remise où l'on entreposait les pommes du verger, la petite avait installé ses deux poupées sur des sacs de jute. Trois soldats de plomb et des peluches d'âne, de chien, de coq et de chat confectionnées par Amélie composaient l'assistance. Armée du piston de son frère, elle leur interprétait une belle marche militaire. Le plombier-gazier n'en crut ni ses yeux ni ses oreilles, mais, au lieu de se réjouir d'avoir une fille si mélomane, il entra dans une colère épouvantable : « Chez les Leblanc, on ne verra jamais de fille à la fanfare ! »

Éléonore ne craignait rien tant que les éclats de son père. À la couleur rouge sang qu'avaient prise ses joues, elle mesura l'intensité de l'orage qui grondait.

« Tu n'as rien de mieux à faire ? Tu crois que c'est convenable de jouer de la musique et de désobéir à son père ? »

Elle tenta bien de s'expliquer, mais elle ne trouva pas les mots pour lui décrire la joie que lui procurait la musique, et Éléonore éclata en sanglots. Son père s'approcha si près qu'elle crut un instant qu'il allait la consoler, mais il s'empara de l'instrument et le jeta sur le sol. Puis, sentant qu'il aurait du mal à maîtriser sa fureur, il se réfugia dans la cuisine, où sa femme le trouva plus tard, prostré.

« Cette petite est une effrontée, je l'ai trouvée dans la remise en train de souffler dans le cornet à pistons de son frère ! Si ça continue, ta fille finira souffleuse de cornet... Et je ne veux pas de ça chez moi, tu m'entends, Amélie !?

– Je sais, Arsène, j'étais au courant, lui répondit sa femme qui tentait de garder son calme. J'ai même vu le médecin, il dit que c'est nécessaire pour le développement de ses poumons... »

Arsène ne laissa pas son épouse terminer sa phrase : « Alors là, c'est le bouquet, ça complote sous mon toit ! J'ai une fille qui n'en fait qu'à sa tête, un fils qui applaudit, et une femme qui prend leur parti ! Je m'en vais te remettre de l'ordre dans tout ça, moi, fais-moi confiance ! »

Arsène partit en fulminant à la tombée de la nuit. Comme chaque soir, il fit sa tournée, allumant un à un tous les réverbères du quartier. À son retour, sa décision était prise : il fallait faire passer son envie de la musique à la petite. Amélie ne put rien faire, rien dire pour l'en empêcher. C'était irrévocable, Arsène enverrait Éléonore en apprentissage à Paris, chez sa sœur Angèle, blanchisseuse dans le quartier de Pigalle.

« Elle a dix ans passés, c'est le moment de la mettre à l'ouvrage. »

Amélie avait réussi à retarder le plus possible le moment où ses enfants devraient partir travailler. Certains de leurs petits voisins commençaient dès l'âge de six ans ; les garçons à la mine, assez agiles pour se faufiler dans les galeries, les filles dans les filatures, assez menues pour nouer les fils sous les métiers à tisser. Ils gagnaient moitié moins que les adultes, mais c'était toujours ça.

« Je sais bien qu'il faut qu'elle travaille mais, s'il te plaît, gardons-la ici, près de chez nous. Tu la vois partir comme ça, toute seule, à Paris, à son âge ? »

Arsène n'écouta pas les supplications d'Amélie, il s'adressa à Paul directement : « Ta sœur me désobéit et toi, tu l'encourages, avec la bénédiction de ta mère.

– Mais, papa...

– Mon fils, je sais que j'ai raison. Votre tante Angèle s'occupera bien d'elle, elle lui apprendra un métier.

– Mais, papa...

– Toi, tu as trahi ma confiance, alors je me fiche bien de ce que tu penses. »

Arsène resta intraitable. Éléonore pleura, supplia, implora sa mère, jura qu'elle se tiendrait loin de tout cor de chasse, trombone ou piston. Amélie ne put faire changer d'avis son mari. La place de la petite était au lavoir avec des filles de son âge, elle serait mieux payée, mieux traitée que dans les filatures où sa mère usait sa santé.

Un matin de novembre 1863, Arsène réveilla toute la maisonnée avant le chant du coq. Il craignait tant de manquer le train qu'il avait prévu une belle marge pour atteindre la gare du Long-Pot, à Fives, où Éléonore allait prendre le train pour Paris.

CHAPITRE 2

Le premier voyage d'Éléonore

« Vous êtes prêts, à la fin ? » hurla Arsène du bas de l'escalier.

Éléonore avait la mine pâle, les yeux rougis par les larmes et le manque de sommeil. Elle portait un petit chapeau de feutre vert, retenu par un long ruban assorti. Amélie lui avait confectionné un confortable manteau dans le drap d'une redingote achetée d'occasion.

« Maman, tu m'écriras, dis ? Tu me laisseras pas ? »

Amélie la serra dans ses bras.

« Bien sûr que non, mon p'tit ange. Mais tu vas voir, je suis sûre que tu seras bien à Paris, chez ton oncle et ta tante. » Elle pressait Éléonore contre son cœur ; Arsène s'impatientait.

Toute la famille s'entassa dans la carriole d'Émile. Paul prit la main de sa sœur.

« Je viendrai te voir dès que je pourrai. »

Sur les chemins régnait la confusion des jours de marché. Un cochon s'était échappé. Un commis lui courait après mais, comme il avait laissé sa bétaillère en plein milieu de la rue, il bouchait la moitié de l'intersection. Arsène, bien sûr, n'était pas celui qui criait le moins fort. Excédé, il fouetta le percheron, lui lança un « hue ! » bien sonore et n'hésita pas à le guider dans la rigole. Émile n'en menait pas large, sûr d'envoyer sa charrette et tout le chargement en contrebas. Finalement, l'équipage arriva indemne à la gare. Là encore, quelle pagaille, quelle cohue ! Des cochers, des diligences, des paquets, des voyageurs quittant en hâte l'omnibus : un vacarme, un tohu-bohu comme Éléonore n'en avait jamais entendu.

Arsène s'apprêtait à soulever seul la malle de linge d'Éléonore pour la faire enregistrer quand Paul proposa de l'aider.

« Laisse ça, fiston, c'est trop lourd pour toi, Émile va s'en charger. »

La veille encore, le gamin était rentré de la mine avec une mauvaise toux bien sèche. Son contremaître refusait de le faire descendre avec les autres. Il était trop faible pour passer la journée dans les galeries.

« Essaye la chaudronnerie, ils embauchent à l'usine de Cail, avait-il conseillé au piston des Crickmouils.

– Un problème à la fois », avait répondu Arsène, qui devait d'abord envoyer sa fille à Paris. Pour Paul, on verrait le lendemain.

Éléonore n'avait plus avec elle qu'un petit panier contenant des victuailles pour le trajet.

Dans sa chemise, Amélie lui avait cousu une pochette de tulle et y avait glissé trente francs.

« Garde bien les sous, au cas où... C'est à peine plus que le prix du billet pour revenir ! » lui dit-elle à la gare.

Elle fondit en larmes. Elle caressa doucement le visage de sa fille, reprit son souffle, multiplia les conseils et les recommandations.

« Tu demanderas à ton oncle Gervais de nous donner des nouvelles, il sait écrire, lui, et Paul nous lira ta lettre. Prends soin de tes affaires, surveille bien ton panier ! »

Éléonore ne parvenait pas à lâcher la main de sa mère. Son père l'avait embrassée tendrement malgré tout, Paul l'avait serrée fort dans ses bras. La petite était blême de chagrin.

Devant tant d'émotion, une femme corpulente crut bon de proposer ses services : « Où va-t-elle donc, votre petite ? Jusqu'à Paris ? »

Arsène fit oui du menton, il n'avait plus l'air si fier.

La dame insista : « Je veillerai sur elle comme sur ma propre fille », promit-elle à Amélie, un peu rassurée de savoir que son enfant chérie ne voyagerait pas seule pendant cette rude journée.

Après un dernier long baiser, Éléonore disparut dans la foule des passagers du Lille-Paris. La dame l'aida à repérer la troisième classe.

« Regarde les couleurs : noir et bleu, ce sont les premières, noir et vert les secondes. Et nous, on monte en troisième, dans les voitures peintes en noir et marron. »

Dès les premiers kilomètres, le chaperon avait pris son rôle très à cœur. Elle conseilla d'abord à Éléonore de ne pas trop regarder le paysage défiler pour ne pas attraper la nausée. Puis elle s'inquiéta de sa tenue : « Retourne ta veste côté doublure pour qu'elle paraisse comme neuve quand tu débarqueras chez ta tante. »

Éléonore, émerveillée par tant de nouveauté, en oubliait presque son chagrin. La vitesse, d'abord : cinquante kilomètres à l'heure ! Dans la charrette d'Émile, elle n'avait jamais roulé à telle allure. Et puis il y avait tout ce monde, des gens qui ne se connaissaient pas et se parlaient comme des amis. Un premier marchand ambulant vint proposer des livres, il insista auprès d'Éléonore, tentant vainement de lui vendre un exemplaire des *Petites Filles modèles*.

« Monsieur, cessez d'embêter la petite ! Elle ne lit pas, c'est écrit trop petit ! rouspéta le chaperon.

– Paraît que ça rend aveugle, renchérit sa voisine de banquette, et puis ça rend malade !

– Pas commodes, les grands-mères ! » soupira le vendeur en s'éloignant. Il n'eut que le temps de se glisser par la portière et d'accéder à la voiture suivante par le marchepied. Lesdites grands-mères étaient en furie.

« Malpoli ! Je ne sais pas vous, mais moi, je suis trop jeune pour avoir une si grande petite-fille ! »

La voisine se sentait tout aussi insultée.

« Quel toupet ! »

L'incident les tint en haleine jusqu'au premier arrêt. Il fallait prendre de l'eau pour la locomotive, expliquèrent les hommes les plus avertis des choses de la mécanique. Toute cette activité avait sorti Éléonore de ses tristes pensées. Elle ne quittait plus des yeux cette campagne à perte de vue. Parfois, un village, un clocher venaient se perdre dans ces champs déserts. La terre n'avait jamais la même couleur, les forêts affichaient toute la gamme des bruns, des rouges et des dorés. Éléonore était émerveillée. Hélas, l'insistance de sa protectrice la gênait plus qu'autre chose. Celle-ci se montrait indiscrète et très bruyante, et se mit en tête d'expliquer à tout le wagon qu'Éléonore partait seule à Paris : « Vous vous rendez compte ! Si jeune, si fragile ! »

Chacun des passagers y allait, bien sûr, de son commentaire. Quel embarras ! Éléonore se serait bien passée de cette pipelette qui sentait si fort la violette.

« Tu vois, petite, ici, ce sont des vaches, elles donnent du lait. »

Éléonore enfouit son nez dans son mouchoir, trop timide pour expliquer qu'elle avait déjà vu des vaches, et pas plus loin qu'à la grande ferme sur la route de Lambersart. Bercée par le cliquetis mécanique des roues sur les rails, la dame finit par s'assoupir ; ce fut le contrôleur qui la réveilla. Il demanda aux huit voyageurs de bien vouloir présenter leurs titres de transport. Une passagère restée coite jusque-là tendit un seul billet, expliquant que son fils n'avait pas cinq ans et pouvait donc voyager gratuitement.

« Mais, maman, j'ai sept ans ! » corrigea le gamin.

Le contrôleur fronça ses gros sourcils.

« Ma p'tite dame, c'est pas beau de mentir ! Surtout devant les enfants.

– C'était trop cher ! Monsieur le contrôleur, je vais à Paris pour travailler... »

Était-ce le regard bleu de la maman ou un élan naturel de son bon cœur, le contrôleur ferma les yeux sur la fraude, mais conseilla de ne plus recommencer. À Amiens, le train s'arrêta encore. Aux fenêtres, des marchands proposaient des paniers.

« Goûtez ! Goûtez nos spécialités : un pâté de canard, du fromage et du pain, des macarons, un demi de vin... Trois francs le panier, cinquante centimes de plus avec le demi-poulet ! »

Éléonore mourait de faim. Alors qu'elle commençait à déballer ce que sa mère lui avait préparé, la dame se pencha vers elle.

« Laisse, laisse, garde tes provisions pour ce soir, on va partager un panier. »

Elle en saisit un par la fenêtre et opta pour le supplément poulet.

« Vous rendrez la vaisselle et le panier en arrivant à Paris. Sur le quai, un employé vous en débarrassera.

– Voilà qui est organisé ! » se félicita la protectrice d'Éléonore.

Le déjeuner fut joyeux. Le panier était si bien garni qu'elles mangèrent de bon cœur et purent même en faire profiter le voisinage. Le demi-litre de vin fit un heureux, qui, pour les remercier, proposa une part de son fromage de Maroilles. La voiture commençait à bien empester quand le train redémarra. Toutes fenêtres ouvertes, les passagers tentaient de se rafraîchir et, surtout, de chasser les effluves de fromage : la dame chaperonne s'affola.

« Prenez garde aux flammèches et aux escarbilles ! » Et elle entreprit d'énumérer à qui voulait l'entendre tous les dangers du train : des déraillements en passant par les pannes, sans compter les brûlures ni les égratignures que ces grosses poussières de charbon pouvaient causer sur la peau. Ne trouvant plus d'oreille indulgente, elle finit tout de même par se taire. Et ce n'est qu'aux abords de Paris que le récital reprit. Le chaperon n'avait pas fini sa mission, elle se mit en devoir d'abreuver Éléonore de conseils en tout genre : « N'adresse même pas un regard aux enfants qui mendient à chaque coin de rue ! Tâche d'exiger du repos le dimanche et les jours fériés !... »

Éléonore aperçut la pointe des clochers de Paris. Le train avait ralenti à hauteur des potagers de Saint-Denis. Les routes grouillaient de charrettes, de calèches, de femmes et d'hommes à vélo ou à pied. Son père l'avait prévenue : « Paris, c'est la capitale, le cœur du monde, dix fois plus grand qu'ici. Faudra apprendre à te défendre, à faire ta place, avec tous ces gens qui viennent de partout ! »

Une fois passée la barrière d'octroi, toute la voiture fut prise de frénésie.

« On est arrivés ! lança la grosse dame. Gare du Nord, c'est le terminus. Sais-tu qui vient t'attendre ?

– Tante Angèle et oncle Gervais.

– Et comment tu vas les reconnaître ? »

Éléonore sortit de son panier une photographie, bien enveloppée dans du papier journal.

« Papa m'a donné ça : c'est elle, sa sœur, c'est ma tante Angèle. »

Le cliché montrait trois jeunes gens se tenant, fiers, devant leurs parents. L'un portait un costume sombre.

« C'est papa, le jour de son mariage. Là, c'est son grand frère, Ernest, et celle-ci, c'est sa petite sœur, Angèle.

– J'espère qu'elle n'a pas trop changé ! » dit soudain la dame ronde, songeant que sa mission n'était peut-être pas encore achevée.

Devant l'air légèrement apeuré de la petite, elle se radoucit.

« Je reste avec toi le temps que tu les trouves. »

Elles eurent du mal à se frayer un chemin jusqu'à la grande salle où on leur avait dit qu'elles pourraient récupérer leurs bagages. Des porteurs hélaient les voyageurs : « Dix centimes par sac, vingt pour la voiture ! »

Ils jouaient des coudes et de la voix pour mieux appâter le client. Madame le chaperon se révéla soudain d'une efficacité redoutable. Interpellant vivement un bagagiste qui se tenait à l'écart, prêt à porter les paquets encombrants des voyageurs, elle lui soumit son marché : « Vingt centimes tout ronds si tu m'attrapes ces deux malles, cette caisse et ce balluchon que je vois là-bas et que nous ne pourrons jamais atteindre ! Je t'attends sous l'horloge ! »

L'homme accepta, il n'avait pas l'uniforme de ses concurrents : la protectrice avait flairé l'occasionnel. Tandis qu'il se dirigeait vers la salle des bagages, elles tentèrent une percée parmi les voyageurs, qui abandonnaient tout au milieu du quai dès qu'ils apercevaient des parents.

« Éléonore ? C'est toi, Éléonore ? »

Une femme un peu potelée, coiffée d'un bonnet de dentellière, interrogeait toutes les jeunes filles qui passaient à proximité. Éléonore lui trouva comme un air de ressemblance avec la photographie.

« Tante Angèle ? C'est toi, tante Angèle ?

– Éléonore ! Mon ange, je commençais à me faire du mouron. Mais sapristi ! mon frère ne te nourrit donc pas ?! Regarde-moi ça, Gervais, comme elle est menue, et si pâle… Bon, mais tu as de bien beaux cheveux. Dis-moi, le voyage s'est bien passé ?

– Eh bien ! Je crois que je vais vous laisser. »

Le chaperon avait le ton pincé de ceux qui ont vaincu mille périls et qu'on oublie de remercier.

« Ses parents m'ont confié votre nièce à Lille. Elle est entre de bonnes mains, ma mission s'arrête là.

– Oh pardon, madame ! Nous ne savions pas. Vous avez des bagages, que je vous aide ? Je suis Gervais, l'oncle d'Éléonore.

– Merci bien, monsieur Gervais, j'attends notre porteur avec tous nos bagages, et mon fils ne doit pas être bien loin.

– Chère madame, si on ne peut pas vous aider, il reste à vous remercier d'avoir pris soin de notre nièce. Bon séjour à Paris ! » Éléonore salua son chaperon, Gervais lui serra la main. Le bagagiste finit par les retrouver et leur remit leurs malles. Quand il chargea le colis et le balluchon sur sa voiture à bras, Éléonore s'avança vers son oncle, ne sachant trop s'il fallait l'embrasser.

« Bonjour, tonton, osa-t-elle timidement.

– Mais oui, bonjour, ma chérie ! répondit Gervais en la prenant dans ses bras. Tu n'es pas trop fatiguée ? »

Éléonore le détailla de pied en cap : casquette en velours, gilet et chemise de flanelle assortis... cet oncle était bien plus élégant que son père. Plus petit qu'Arsène, il avait l'air plus tendre aussi ; une pluie de taches de rousseur constellait son visage, ses cheveux étaient tout bouclés et très roux, comme sa moustache. Éléonore se sentit apaisée par la bonté de son regard, et surtout par son sourire. Son père riait rarement. Elle fit un petit non de la tête pour répondre à la question.

La gare du Nord était en pleins travaux d'agrandissement et l'horloge se trouvait cachée par un immense échafaudage. Gervais prit la direction des opérations.

Angèle trottinait derrière, tenant sa nièce par la main.

« La blanchisserie est rue Notre-Dame-de-Lorette, ce n'est pas loin, on sera vite arrivés. » Et comme Angèle énonçait le nom des rues à emprunter, Éléonore, étourdie, se laissa guider par ses premières impressions de Paris.

Une odeur chaude flottait sur les pavés, elle pensa aussitôt à la ferme de ses grands-parents.

« Ça sent le crottin ! »

Gervais éclata de rire.

« Ça, tu peux le dire, y a presque autant de chevaux que d'hommes à Paris !

– Et ça, là, qu'est-ce que c'est ?

– Une marchande d'arlequins, qui vend à manger aux pauvres ; dans sa grande gamelle, il y a tous les restes des bonnes maisons, mais faut avoir bien faim pour manger sa tambouille, car tout est mélangé : le lièvre à la royale, le homard thermidor, les bouchées à la reine et le bœuf mironton... C'est pas cher, mais c'est pas bon ! »

Éléonore sentit qu'elle allait s'évanouir : « Tante Angèle... je ne me sens... »

Angèle la retint par le bras. Gervais se précipita, desserra le ruban de son chapeau, entrouvrit le col de son manteau.

« Chérie, ma chérie, tu m'entends ? » Éléonore ouvrit les yeux et se redressa.

« Angèle, qu'est-ce que tu lui as dit ?

– Mais rien, je lui parlais...

– C'est pas elle, tonton, c'est moi, je m'évanouis tout le temps.

– Ah ça, nous voilà bien ! Monte sur ma charrette, on n'est plus très loin. »

Au coin de la rue de Maubeuge, une jolie femme brune leur chantonna son petit air : « Y a pas de souci, j'ai que du mouron, du mouron pour les p'tits oiseaux ! »

Elle balançait au bout de son bras un panier de plantain, d'orge et d'herbe à chat. Plus loin, c'était le rémouleur qui proposait d'affûter les couteaux. Le décrotteur s'était, lui, posté devant l'entrée d'un théâtre ; pour cinq sous, il ôtait la boue et cirait les chausses des gentilshommes, juste après le carrefour où les marchandes des quatre-saisons proposaient pommes de terre, navets, carottes et poireaux.

« C'est jour de marché ? »

Angèle regarda Éléonore, amusée.

« Mais non, ma belle, c'est comme ça tous les jours.

– Il y a toujours autant de monde ?

– Oh oui ! Parfois plus. Moi aussi, quand je suis arrivée, j'étais tout étourdie par cette cohue, tous ces gens dans la rue. »

Éléonore, désignant du regard un petit mendiant, sembla soudain très inquiète : « Et les enfants, ils dorment sur le trottoir ?

– Non, enfin pas tous, heureusement ! »

Angèle, embarrassée, changea de conversation : « Tiens, ma belle, on y est presque. À droite, c'est la rue Notre-Dame-de-Lorette, et là-bas, c'est chez nous, au numéro 38 ! »

CHAPITRE 3

Saxo et compagnie

Ici, on ne va pas plus vite que la musique, telle était la devise de la belle blanchisserie, placardée sur la porte que poussa Gervais.

Angèle prit affectueusement Éléonore dans ses bras.

« Ma fille, tu es ici chez toi ! »

La sœur d'Arsène sentait le savon et l'eau de Cologne dont elle aspergeait les draps. Elle avait la voix presque aussi douce que les baisers qu'elle déposait sur la joue de sa nièce. Elle portait un chemisier de dentelle fine sous un châle ajouré et une jupe de laine bordée d'un galon de velours, et elle respirait la joie de vivre. Ses joues étaient bien plus roses que celles d'Amélie. Se remémorant sa mère, le nez collé à la vitre du hall de gare, Éléonore faillit chavirer. Le voyage avait été si long, la séparation si brutale. Peut-être Angèle avait-elle deviné les pensées tristes qui traversaient le regard de sa nièce. Elle la serra vivement dans ses bras potelés. Ensuite, elle lui présenta une à une les lavandières de la blanchisserie et les repasseuses, puis elle lui montra sa chambre, tout en haut, au grenier. La pièce était petite, mansardée, éclairée par un vasistas qui laissait entrevoir un coin de ciel bleu. Le lit était recouvert d'une toile de lin brodée. Sur une chaise, on avait posé un broc, une cuvette et un petit miroir pour la toilette. Éléonore se sentit immédiatement à l'aise. L'enfant, qui n'avait connu que le lit sous le grand escalier à partager avec son frère, avait une chambre rien que pour elle.

Elle se mit à fredonner : « "Dors, min p'tit quinquin, Min p'tit pouchin, Min gros rojin..."

– Qu'est-ce que c'est que cette chanson ? »

Angèle ne l'avait jamais entendue.

« *Le P'tit Quinquin*, c'est la berceuse que me chantait maman le soir pour m'endormir, c'est un ami de papa qui l'a écrite.

– Tu chantes bien, je ne comprendrai jamais ton père, soupira Angèle en l'écoutant.

– Il a de la chance d'avoir une si jolie petite fille », ajouta Gervais. Il enlaça sa femme et déposa un baiser sur sa joue. Éléonore se dit qu'elle avait rarement vu ses parents s'embrasser.

*

Angèle jugea que la petite était trop sensible pour être envoyée au lavoir. Depuis que les porteurs d'eau s'étaient plaints que la Seine était savonneuse, les lavandières n'avaient plus le droit d'aller laver leur linge à même le fleuve au pied du Pont-Neuf. On leur avait installé des bateaux-lavoirs sur le canal de l'Ourcq, et elles se retrouvaient ainsi en rangs serrés, à genoux, courbées en avant, à battre et retourner des paquets de linge. La fatigue aidant, les coups de gueule et de battoirs n'étaient pas rares. « Ce serait trop dur pour la petite Éléonore », pensa Angèle. Le sort des repasseuses n'était pas plus enviable : suffoquer dans la vapeur des fers, pendant douze heures au moins, était une rude épreuve qu'Angèle ne se sentait pas d'infliger à sa nièce. Elle préféra lui confier le linge à livrer. La sœur cadette d'Arsène et son mari n'avaient pu avoir d'enfant ; l'arrivée de cette petite Éléonore était pour eux un véritable cadeau du ciel.

Après sa première nuit sous les toits, Éléonore entama avec son oncle la visite de toutes les rues en travaux qui formaient ce quartier de Paris en plein essor qu'on appelait la Nouvelle-Athènes. Partout, les ouvriers s'affairaient sur des échafaudages qui semblaient toujours vaciller.

Éléonore ouvrait des yeux étonnés. Oncle Gervais l'avertit : « Ici, c'est le paradis des artistes ! Entre la rue Saint-Lazare, la rue Blanche, la rue La Rochefoucauld et celle de la Tour-des-Dames, toutes les grandes actrices se font construire des hôtels particuliers : tu les livreras peut-être. Un peu plus loin, c'est le coin des écrivains et, tu verras, en bas de la rue Clauzel, je te montrerai, celui des peintres.

– Oh, c'est beau, ces statues ! »

Éléonore désignait le balcon ouvragé d'un hôtel particulier que soutenaient deux colosses de pierre. Elle découvrait la rue parisienne et ses petits métiers, dont elle ignorait jusqu'à l'existence. Les « sauveurs d'âmes », qui récoltaient les vieilles semelles, les lavaient, les faisaient sécher au soleil puis les rajustaient sur d'autres chaussures, les bouquetières et leurs fleurs toutes fraîches pour ces dames...

Elle se planta devant l'étalage de l'arracheur d'ailes.

« Qu'est-ce que c'est, tonton ?

– Des ailes d'oiseaux, pour décorer les chapeaux.

– De vraies ailes ? » Gervais resta évasif : « Oui, je crois, tu sais, c'est la mode. »

Éléonore lança au marchand un regard indigné. Puis elle s'attarda devant l'étalage d'un vendeur de dattes qui portait un grand turban enroulé sur la tête et lui proposa de goûter ce qu'il appelait ses « bonbons d'Orient ». Mais Gervais lui ordonna de presser le pas. Lui, c'était un vrai Parisien. Il était né dans le quartier et le sillonnait toute l'année puisqu'il se chargeait de toutes sortes de livraisons avec sa voiture à bras. Pas la peine de lui en raconter, il savait mieux que personne que la capitale pouvait devenir un endroit dangereux, surtout dans certains quartiers, tard le soir.

« À partir d'ici et jusque derrière cette belle église Notre-Dame-de-Lorette, c'est le domaine des filles de mauvaise vie. On les appelle les "lorettes" ! Elles vendent leurs cuisses et leurs baisers. C'est un endroit où il vaut mieux ne pas traîner. Tu as compris ? »

Éléonore répondit : « Oui, tonton. »

Elle se fit cependant une idée un peu floue et pas forcément rassurante de ce que « vendre ses cuisses » pouvait vouloir dire exactement. Décidément, Paris était aussi la ville de bien des horreurs. On ne se contentait pas d'y arracher les dents à la pince devant un public exalté, on pouvait aussi acheter des cuisses de femmes... Pour quoi faire ? Un jour, plus tard, elle demanderait à tante Angèle...

Ils étaient arrivés au numéro 8 de la rue Saint-Georges. Devant eux, sur une porte entrouverte dont le bois noir était moisi, on pouvait lire, sous la plaque « Eau et gaz à tous les étages », une étrange inscription : « H. P. TRIPP, EXPERT ».

Une odeur âcre imprégnait l'escalier : Éléonore se blottit contre Gervais.

« Qu'as-tu ?

– J'aime pas... Il fait trop noir...

– Ah, là, derrière la porte ? C'est l'atelier de monsieur Tripp qui t'inquiète, mais t'en fais pas ! C'est un photographe, à ce qu'il paraît. Il reçoit beaucoup de jolies filles du quartier qui posent pour lui... Je crois bien qu'il revend ses photos aux peintres, mais je n'en sais pas plus. Je ne l'ai jamais vu, et puis il n'y a aucune raison que tu ailles traîner chez lui. »

Ils continuèrent le long de la rue Saint-Georges. À la hauteur du numéro 50, Éléonore se figea et resta plantée là, le nez collé à la vitrine, comme si elle humait le parfum d'une fleur rare. Elle aperçut, posés derrière la vitre, les instruments de musique qu'elle connaissait si bien : cors, pistons, tubas, comme dans la fanfare de son père, et d'autres qu'elle n'avait jamais vus, dorés, brillants, fascinants... Elle n'arrivait pas à en détacher ses yeux.

« Ah c'est quelque chose, tout cet étalage ! Ça te plaît ? dit Gervais comme pour répondre à une question qu'elle n'avait pas posée. C'est la boutique de monsieur Sax, un sacré fortiche ! Il est arrivé de Belgique il y a vingt ans, et maintenant c'est lui qui fournit les cuivres de l'armée française ; c'est un original qui fait bien des envieux.

– C'est si joli, toutes ces pièces qui brillent, ces instruments qui dorment... On croirait les entendre jouer.

– C'est vrai que tu es musicienne ! Moi, j'aurais bien voulu, mais j'ai jamais appris.

– Si tu veux, je te montrerai ce que je sais. »

Gervais, embarrassé, embrassa sa nièce.

« On verra, on verra, ma chérie, plus tard... » Décidément, elle n'était pas l'effrontée que son beau-frère lui avait décrite, bien au contraire.

Le soir, en s'endormant dans sa chambrette de la rue Notre-Dame-de-Lorette, Éléonore pensa si fort à sa mère et à son frère qu'elle eut l'impression de leur parler : « Ça va aller, ne vous en faites pas. Tonton Gervais et tante Angèle sont très gentils. Ils m'ont montré des tas de belles choses aujourd'hui, j'aurais voulu que vous soyez là. Vous me manquez, mais j'aime bien Paris, il y a des femmes avec de belles robes, du monde partout, des magasins... Il y en a même un rien que pour la musique. C'est tonton Gervais qui me l'a montré. Si papa savait ça ! »

Elle ferma les yeux en rêvant à tous ces instruments : sa nouvelle vie n'était pas aussi rude qu'elle l'avait craint.

Dès le lendemain, elle commença ses premières livraisons. Un paquet à déposer au numéro 48 de la rue Saint-Georges lui permit de mieux détailler la large façade du numéro 50, où se trouvait la belle maison d'instruments de musique.

Gervais lut pour elle ce que précisait l'inscription sur la devanture : « Fondée en 1843 par Adolphe Sax, fournisseur de la Maison militaire de Sa Majesté l'empereur Napoléon III, ainsi que de l'Académie nationale de musique. »

« Sa Majesté Adolphe Sax ? demanda Éléonore, incrédule.

– Non, Sa Majesté, c'est l'empereur, tu sais bien : Napoléon III ! » répondit Gervais.

Pour ce premier jour, il s'était chargé de lui organiser son parcours et la laissait marcher devant pour voir comment elle trouvait son chemin.

Durant les mois qui suivirent, et tandis qu'elle se familiarisait avec sa nouvelle famille et avec le quartier de Pigalle, Éléonore respecta sans s'en écarter l'itinéraire du tonton. Pourtant, dès qu'elle se sentit moins perdue, elle s'accorda un petit détour aux abords de la rue Saint-Georges. Et elle prit l'habitude, chaque soir, une fois toutes ses livraisons terminées, de faire une halte devant la maison Sax avant de rentrer à la blanchisserie. Parfois, elle apercevait de jolies calèches qui s'arrêtaient devant la boutique. De beaux militaires en sortaient avec des étuis sous le bras. Certains étaient des musiciens amis de la maison, clients fidèles d'Adolphe Sax, illustre inventeur.

« C'est peut-être un génie, mais il se tuera à la tâche ! » Voilà ce que lui expliqua tante Angèle quand

Éléonore voulut en savoir plus sur cet ingénieux monsieur Sax, qui avait une si grande fabrique.

« Dans le quartier, on le prend pour un fou. C'est un inventeur à perpétuité ! Il collectionne les faillites comme d'autres les cannes à pêche. On dit qu'il n'est pas marié, mais je sais qu'il a eu cinq enfants : hélas ! deux sont morts. On ne voit jamais sa compagne, mais son père et son frère travaillent pour lui à l'atelier. Tu verras, il a un drôle d'accent : il est belge, de la ville de Dinant. Moi, je comprends ce qu'il dit, car il parle un peu comme nous autres, à Lille, mais les voisins le traitent d'étranger. »

La réputation de l'étranger s'étendait bien au-delà du quartier depuis qu'il avait guéri d'un cancer de la lèvre. Et de quelle manière ! Alors que toute la faculté de médecine l'avait condamné, que sa bouche était si difforme qu'il ne pouvait se nourrir qu'avec un tuyau, il avait suivi les conseils d'un médecin javanais nommé Vriès, connu jusqu'à la gare Saint-Lazare sous le sobriquet de « Docteur Noir ». Chaque jour il avait appliqué une épaisse pommade mauve sur sa tumeur, jusqu'à ce que celle-ci finisse par sécher, et elle était tombée du jour au lendemain ! Les plus grands professeurs étaient venus examiner ce drôle de rescapé, bien forcés de reconnaître que cette pommade du Docteur Noir avait fait un miracle. On pressa donc le médecin javanais de tenter d'autres expériences à l'hôpital Saint-Louis. Il obtint quelques résultats, mais pas aussi spectaculaires que dans le cas d'Adolphe Sax ; alors le miracle fut oublié et le praticien retourna à sa clientèle de quartier.

Depuis sa guérison, Adolphe Sax portait la barbe et la moustache, mais il n'était pas aussi effrayant que le prétendaient les mauvaises langues.

Un jour, Éléonore l'aperçut agenouillé entre deux chevaux, tout affairé à secourir un pigeon voyageur blessé. Il aimait les animaux, cela se voyait au premier coup d'œil, rien qu'à la façon délicate dont il maintenait l'oiseau, l'aile bien repliée dans sa main. Tandis qu'elle s'approchait de lui, il lui confia : « Il a heurté la vitre de l'atelier. De plein fouet, pas vu le carreau ! Il est tombé comme une pierre au moment où j'entrais. Il était tout estourbi, je lui ai donné un petit remontant. Avec ça, il pourra vivre. »

Le soir, Éléonore raconta la scène à son oncle Gervais, qui tenta de lui expliquer pourquoi monsieur Sax faisait tant de jaloux.

« Il a inventé de nouveaux instruments qui, paraît-il, font un bruit incroyable : à quatre ou cinq seulement, c'est comme si t'entendais toute une fanfare !

– C'est magique ! s'enthousiasma Éléonore.

– Oui, mais ses concurrents sont furieux, ils disent qu'à cause du Belge ils sont ruinés. Certains l'ont copié et lui les a attaqués, pour contrefaçon... Ça fait plus de dix ans qu'il est en procès... Et tout ça pour un instrument qui porte son nom, le saxophone. »

C'était certainement celui qu'Éléonore avait repéré à travers la vitre, posé au loin, sur une étagère du fond. Il était recourbé comme le cou d'un cygne, avec une foule de touches dorées sur le côté.

Ce jour-là, très occupée à détailler l'objet, Éléonore était restée plus longtemps que prévu, le nez collé à la vitrine. Elle rêvait : à la fanfare, à son frère, à Lille, à ses parents et au jour où peut-être, enfin, elle les reverrait. Elle était perdue dans ses souvenirs quand un garçon qui devait avoir à peine quinze ans la surprit : « Vous aimez la musique, c'est bien rare pour une fille ! »

Elle sursauta avant de répondre : « Ces instruments sont les plus beaux du monde ! »

Il fut surpris par la douceur de la voix, la candeur du visage de la petite inconnue. Elle avait de jolis yeux dorés, un nez en trompette, quelques taches de rousseur et un teint de porcelaine. Des boucles d'un blond cuivré sortaient de son bonnet. Il lui trouva la taille fine, et bien du charme aussi.

« Je m'appelle Joseph. Je travaille ici, je suis cleftier, c'est moi qui fabrique tous ces petits boutons que vous voyez sur le côté.

– Moi, je ne connais que les pistons, car je joue du cornet, enfin... je jouais.

– Ça aussi, c'est drôlement rare pour une fille. Moi, je fabrique les instruments, mais, hélas, je ne sais pas jouer, et tout le monde dit que je chante faux.

– Alors on n'est pas faits pour s'entendre, car moi, je m'évanouis dès qu'on joue une fausse note. »

La remarque fit sourire Joseph. « Tant pis, je ne vous dirai pas comment on fait les instruments. »

Éléonore était bien trop curieuse pour se priver d'un tel guide. Il venait de marquer un point. « Oh si ! S'il vous plaît ! Ce gros, là, qui est énorme, comment il s'appelle ?

– C'est un saxtuba ; pour en jouer, il faut monter sur un tabouret et passer sa tête à l'intérieur. Celui-là, vous le connaissez ?

– Oui, je crois, c'est un serpent.

– Bravo ! Et là, vous avez un saxhorn ; à côté, c'est un saxotromba à six pistons et là-bas, tout au fond : le saxophone.

– C'est mon préféré, soupira Éléonore.

– Vous avez du goût, c'est le plus merveilleux de tous. Et monsieur Sax lui a donné des voix, comme pour les grands chanteurs : soprano, alto, ténor, baryton et basse. »

Éléonore avait sagement écouté le récit détaillé du petit jeune homme. Elle aima d'emblée ses grands yeux bleus, son sourire timide et son air un peu sauvage. Il avait proposé de marcher un peu avec elle. Elle avait accepté.

Il l'avait raccompagnée jusqu'à la blanchisserie, tout en lui racontant tout ce qu'il savait sur son patron.

Dès le lendemain, il faisait de nouveau les cent pas devant la maison Sax. Sans trop y croire, il guettait l'inconnue aux yeux dorés.

Plusieurs fois ils se retrouvèrent devant la vitrine : Joseph écoutait avec amusement les réflexions de cette petite demoiselle qui, du haut de ses douze ans, raisonnait comme une grande. Petit à petit, elle accepta de se faire escorter de temps à autre. Il aimait ces conversations du soir et se sentait fier d'être en compagnie d'une si jolie jeune fille. Il se confiait, lui racontait sa famille et ses amis qu'il avait laissés en Mayenne : Éléonore lui rappelait la cousine avec qui il avait grandi, la petite sœur qu'il était censé protéger alors qu'il était à peine plus âgé.

« Moi aussi, les miens me manquent, surtout mon frère. Je me suis promis de mettre de l'argent de côté pour me payer un jour le voyage à Lille », lui dit-elle en souriant.

Éléonore prenait goût à ces promenades. Joseph ressemblait à Paul : certes, il était plus fort, mais il avait cette même chaleur dans la voix. Avec lui à ses côtés, elle se sentait protégée. Elle retrouvait sa position de cadette, prête à toutes les fantaisies pour impressionner son aîné.

Un matin, alors qu'il classait des paquets à livrer, l'oncle Gervais interpella sa nièce : « Ça y est ! Tu vas enfin le voir, ton monsieur Sax ! Il y a un costume pour lui, je te le confie ! »

Ce jour-là, Éléonore accéléra l'allure pour effectuer ses livraisons. Elle déposa comme chaque jour les nappes et les serviettes bien repassées au restaurant du père Lathuille, place Clichy, mais écourta la conversation avec la patronne.

« Faut que je file, je suis en retard. J'ai le costume de monsieur Sax et il le veut avant dix-sept heures.

– C'est encore pour une de ses soirées mondaines... Cet homme ne fréquente que les princes, c'est comme ça qu'il fait des affaires ! »

La mère Lathuille, comme on disait, ne connaissait pas vraiment Adolphe Sax, elle ne se souvenait même pas de l'avoir eu comme client, mais elle colportait aisément les rumeurs du quartier sur le Belge, un étranger qui fricotait avec la cour de Napoléon et enlevait le pain de la bouche des instrumentiers français...

Éléonore s'excusa poliment et dévala la rue Blanche, qu'on appelait ainsi car c'était par là que passaient les charrettes qui rapportaient le gypse de Montmartre.

À dix-sept heures tapantes, elle franchit la porte du numéro 50, le cœur battant. Elle traversa d'abord une vaste pièce où, sous un plafond haut de cinq mètres, étaient alignés des étuis, des grosses caisses, des cymbales, mais pas le plus petit trombone ni le moindre hélicon. D'un mouvement de tête, un homme lui fit signe de la suivre. Elle gravit alors un petit escalier de bois et poussa la porte d'un immense atelier. Une machine à vapeur tournait à plein régime, un homme contrôlant la presse qui l'aidait à couder le cuivre encore chaud. Plus loin, deux autres refroidissaient et polissaient ces cors qui venaient de subir leurs premières courbures. D'autres suivraient, jusqu'à ce que l'instrument possède autant de circonvolutions que sur le dessin maintenu par deux pinces à linge juste au-dessus du dernier établi. Éléonore était au paradis : les compagnons lui jetaient un regard gentil, et elle aima d'emblée ces ouvrages dont ils semblaient si fiers. L'un d'eux l'invita à continuer la visite. Ensemble, ils grimpèrent encore un étage et pénétrèrent dans la dernière salle. Une bonne centaine d'ouvriers fixaient avec minutie les clapets, les embouts, assurant ainsi les finitions des instruments de la maison Sax. En ce lieu, que de bruits, que de monde ! Chaudronniers, pavillonneurs, soudeurs, tourneurs, polisseurs, doreurs, monteurs, ajusteurs, poseurs, pistonniers, décorateurs, graveurs, finisseurs, essayeurs se succédaient autour des cors, bugles, pistons et trompettes.

« Éléonore, qu'est-ce que tu fais là ? »

Joseph était à l'œuvre parmi les soudeurs.

« Je viens livrer le costume de monsieur..., murmura-t-elle.

– Allons, mon petit, par ici, dépêchez ! l'interrompit monsieur Sax en personne. Passez-moi cet habit ! Le temps presse. Le général de Rumigny compte sur moi dans une heure, je ne saurais le faire attendre ! »

En haut d'un petit escalier de bois qui devait sans doute mener au bureau, monsieur Sax l'attendait. Et cette fois, ce n'était plus le sauveur d'oiseaux blessés, mais le patron d'une grande manufacture qui l'interpellait. Avec ses binocles, il scrutait sa montre de gousset.

Éléonore se précipita, s'embrouilla dans ses excuses.

« C'est égal, vous ne pouviez savoir que mon rendez-vous avait été avancé. »

Monsieur Sax avait-il reconnu la jeune fille au pigeon ? Son ton s'était subitement radouci. « C'est vrai qu'il a un accent, se dit Éléonore, un accent qui ressemble à celui de chez nous. » Elle salua le maître des lieux, l'aida à enfiler sa redingote, sans lâcher du regard ce méli-mélo de cuivres.

Tout en s'habillant, monsieur Sax avait remarqué son intérêt. « Vous aimez ces instruments ?

– Oh oui ! Surtout le saxophone, murmura-t-elle en pointant du menton le plus étonnant de tous les instruments. Je trouve qu'il ressemble à un cygne.

– Mais dites voir, vous êtes une connaisseuse ? Moi aussi, petite demoiselle, c'est celui-ci que je préfère. Il a en effet la grâce et l'élégance du cygne... C'est ma dernière invention, qui m'a valu autant d'honneurs que de soucis. Dans chacun de ces instruments, il y a quatre cent septante pièces détachées à assembler. Mais voilà que je me mets en retard, nous bavarderons une prochaine fois. »

Éléonore lui sourit, le salua en esquissant ce qu'elle prenait pour une audacieuse révérence et se faufila vers la sortie. Joseph lui fit un petit signe de connivence, comme pour dire « À ce soir ! ». Quand elle arriva sur le pas de la porte, son cœur vibrait aussi fort que les jours de fanfare. Elle revoyait son père préparer son costume, son gilet, sa chemise de fête et sa lavallière, installer soigneusement son étui sur sa bicyclette, partir en sifflotant. Elle, Éléonore, avait parlé à l'inventeur du saxophone, et maintenant elle osait caresser son rêve le plus cher...

Tout émue, elle se confia le soir même à la tante Angèle : « Je l'ai vu, il m'a parlé. J'ai visité tout son atelier. C'est immense, il y a des centaines d'ouvriers. Tu crois que je pourrais y travailler ?

– Oh là, doucement ! Ça fait un an que tu es arrivée et tu veux déjà nous quitter ?

– Non, bien sûr que non, mais imagine, ce serait un rêve pour moi de fabriquer des instruments !

– Je suis pas sûre que ce soit un métier de fille.

– Je sais pas, je demanderai à Joseph.

– C'est qui, ce Joseph ?

– Ben, un garçon. Il travaille comme cleftier chez monsieur Sax et il sait tout sur les clarinettes.

– Moi, ça ne me plaît pas du tout que ma nièce fréquente un garçon sans que je sois au courant ! dit Angèle d'un ton sévère.

– Je te l'aurais dit, tante Angèle, mais je ne le connais pas depuis longtemps, et puis, on se promène, c'est tout.

– Je voudrais bien voir l'allure qu'il a, ton Joseph. »

Quand Éléonore fut partie se coucher, Angèle confia ses inquiétudes à Gervais : « Tu te rends compte, à son âge, elle fréquente déjà un gars et elle dit qu'elle veut travailler chez Sax... J'espère qu'elle n'est pas aussi têtue que mon frère... On n'a pas fini de se faire du souci.

– À l'atelier, je crois qu'ils n'embauchent pas de femmes, alors ce sera vite vu ! Pour ce qui est du garçon, elle va nous le présenter. Tout ça n'a pas l'air bien méchant, ne leur mettons pas d'autres idées en tête ! Ça te rappelle pas des souvenirs ?... t'avais quel âge quand on s'est connus ? »

Angèle rougit.

« Oui, mais c'était pas pareil.

– Ah bon ? Pourtant, toi, tu avais treize ans et tu ne me connaissais pas, et tu m'as bien laissé te raccompagner chez tes parents. »

Angèle se blottit contre lui. « J'avais peur de rentrer toute seule dans la nuit, et puis tu m'as dit : "Je suis compagnon, j'ai fait le tour de France..." J'ai eu confiance. »

Éléonore les surprit en pleines confidences.

« Si je ne peux pas travailler chez monsieur Sax, j'aimerais bien jouer dans un orchestre.

– Qu'est-ce que je disais ! s'exclama Angèle. Tu as vu comme elle est têtue ?

– C'est une Leblanc... soupira Gervais. Tu vas quand même pas nous quitter déjà ? Tu vois bien qu'on a besoin de toi. Qui va livrer si tu t'en vas ? »

Éléonore ne sut que répondre. C'est Angèle qui conclut :
« Tu ne voudrais pas plutôt chanter à l'église, ou à la chorale de l'école ? Mais travailler chez monsieur Sax, ôte-toi vite cette idée de la tête, tu ne verras jamais une ouvrière dans un seul de ses ateliers ! »

CHAPITRE 4

Éléonore devient Léon

Au fil des mois, des livraisons de linge, des lettres de sa mère et de Paul, Éléonore grandissait. C'était maintenant une jeune fille qui avait davantage confiance en elle.

Elle avait remarqué la pancarte apposée depuis peu sur la porte du numéro 50 de la rue Saint-Georges, et Gervais la lui avait lue à contrecœur : « La maison recherche de toute urgence : manutentionnaires, essayeurs d'anches de clarinettes et de saxophones. »

Un soir qu'elle rentrait seule – Joseph avait dû veiller à l'atelier –, elle eut une idée et se mit à élaborer une stratégie audacieuse : « S'ils n'embauchent pas de filles, je me présenterai comme garçon ! »

Elle faucha un vieux veston de son oncle qui traînait dans la panière de linge à recoudre depuis des lustres, et se livra à des essayages dans sa chambre. Elle avait trouvé dans le grenier un pantalon usé et commençait à couper ses boucles de cheveux quand Angèle, l'apercevant, poussa un cri : « Mais qu'est-ce que tu fais ? T'es devenue folle, ma parole ! Si tu touches à tes cheveux, ta mère va me tuer !

– Regarde, avec une casquette, on ne voit plus que je suis une fille...

– Non, ça, c'est vrai, mais t'es bien moche.

– Oui, mais si on m'embauche chez monsieur Sax, je m'en fiche pas mal ! » Les larmes lui étaient montées aux yeux, mais son ton était résolu.

Angèle leva les yeux au ciel : décidément, sa nièce était tenace !

Gervais tenta bien de la raisonner : en vain. Comme il pensait qu'elle n'avait aucune chance d'être embauchée, il n'insista pas. Angèle et lui l'aimaient tellement qu'ils choisiraient son camp quoi qu'elle fasse.

Le lendemain matin, l'accoutrement était parfait. Angèle, que l'entêtement de sa nièce amusait, même si elle refusait de le reconnaître, s'inquiéta : « Que répondras-tu quand on te demandera ton nom ?

– Léon ! Bonjour, monsieur, je m'appelle Léon.

– Et on fait comment aujourd'hui pour les livraisons ?

– Je les ferai en rentrant.

– Tu seras bien trop fatiguée. Bon, va, on s'arrangera pour aujourd'hui... »

Éléonore sauta dans les bras de sa tante.

« Oh merci ! J'te promets que, si c'est moi qu'ils prennent, je vous donnerai tous mes sous ! »

Elle se présenta au 50 de la rue Saint-Georges.

En l'absence de monsieur Adolphe Sax, parti pour l'Exposition internationale de Bayonne, c'était son père, monsieur Charles Sax, qui devait mener l'entretien. Il était sept heures du matin, heure d'ouverture des ateliers, et le flot des ouvriers commençait à peine à entrer. Éléonore se tenait un peu à l'écart. Elle n'arrêtait pas de sortir et de renfoncer sa casquette sur sa tête et ses mains dans les poches de son pantalon. Son cœur battait fort. Elle écoutait roucouler pigeons et tourterelles, emprisonnés dans une grande volière, et elle se mit à chantonner sans s'en rendre compte. Monsieur Sax père l'invita à se présenter : « Quel est ton nom ?

– Léon, Léon Leblanc.

– Quel âge as-tu ? »

Éléonore se vieillit un peu : « Quatorze ans, monsieur. »

Charles paraissait bien austère dans sa redingote noire ; il était le seul à ne pas porter de blouse ; sa bouche était pincée, ses cheveux étaient gris. Il se mit au piano tout en continuant ses questions : « Léon Leblanc, aimes-tu la musique ? Joues-tu d'un instrument ?

– Oh oui, monsieur ! Et je me débrouille au cornet à pistons. »

D'une voix qu'elle cherchait à rendre le plus grave possible, Éléonore répondait avec précision, mais elle gardait l'oreille tendue vers l'arrière-cour. Soudain, elle s'exclama en entendant une tourterelle : « Tiens, elle chante en *si* maintenant ! »

Charles vérifia immédiatement au piano si le jeune garçon disait vrai.

« Et cette autre roucoule en *mi* », continua Éléonore. C'était comme un jeu, de reconnaître chaque note échappée d'un bec d'oiseau. Monsieur Charles n'en revenait pas : ce petit semblait avoir l'oreille absolue.

« Épatant ! s'écria-t-il.

– Monsieur, quand on écoute, c'est pour faire attention à ce qu'on entend », précisa Léon en souriant.

Le « garçon » assura qu'il était vaillant, qu'il ne craignait pas de finir tard le soir ni d'embaucher à l'aube, vu qu'il habitait le quartier, chez une parente.

On lui demanda de patienter. Au bout d'une heure, un homme en blouse grise lui tendit un papier. « Signez là : une semaine à l'essai, embauche demain à sept heures ! »

Éléonore, rouge d'excitation, s'appliqua à tracer ses initiales au bas de la page. Elle commença à former un E, mais s'arrêta juste avant les deux barres : son prénom avait changé, ses initiales aussi. Son deuxième L était moins réussi, mais qu'importe, elle était engagée à l'essai : quel bonheur ! Elle aurait voulu danser, chanter, crier sa joie sur tous les toits, entrer dans l'atelier, embrasser Joseph, lui dire : « Ça y est ! On travaille ensemble, on va se voir tous les jours ! »

Elle eut comme un frisson : comment lui annoncer la nouvelle ? Fallait-il le mettre dans la confidence ? Lui demander d'oublier Éléonore et de raccompagner Léon le soir, jusqu'à la blanchisserie ? Elle n'avait pas pensé à tout cela. Elle éviterait Joseph pour l'instant et elle aviserait plus tard. Pour l'heure, elle était apprenti à l'essai, et c'était déjà beau ! Et si elle se montrait efficace, tous les espoirs étaient permis... Elle venait enfin de faire son premier pas dans le monde fermé de monsieur Sax.

Elle se sentit tout de suite chez elle dans l'atelier de la rue Saint-Georges. Elle était également chargée de déballer la matière première qui arrivait du Nord pour la fabrication des instruments. Avec minutie, elle classait ensuite les coudes, les pinces, les vis, les boulons de cuivre et de laiton, chaque élément devant être rangé dans une boîte selon son poids et sa section.

« C'est bien, Léon ! Continuez ainsi et vous passerez rapidement à l'atelier. »

Charles Sax surveillait de près sa nouvelle recrue. Une fois les pièces détachées à leur place, Léon avait pour tâche de bien envelopper les tubas, saxophones ou clarinettes qui venaient d'être fabriqués. Pas question de montrer le moindre signe de faiblesse : Léon se fit vite remarquer pour sa débrouillardise. Comme tous les contremaîtres saluaient la bonne volonté de ce nouveau venu, Charles consulta son fils Adolphe, patron de la fabrique, pour savoir s'il pouvait l'engager définitivement. Et Léon passa apprenti au bout de quelques semaines.

Un matin, par les fenêtres de l'atelier, Léon surprit monsieur Adolphe dans la cour en train de nourrir ses chers oiseaux. Adolphe Sax avait fait construire deux volières : l'une pour les tourterelles, l'autre pour les oiseaux exotiques. Il en sortit une petite perruche verte, sa préférée, celle qu'une diva lui avait rapportée du Mexique, qui chantait et sifflait comme un vrai musicien, et qu'il avait appelée Succès, parce qu'elle lui avait été offerte le jour où il avait gagné son procès après plus de douze années de procédure. Perchée sur son épaule, elle se frotta contre son cou ; il sortit un sucre de sa poche, le coinça entre ses dents et attendit que Succès vienne doucement picorer... Un baiser de perruche !

Monsieur Sax surprit le regard amusé de Léon et lui fit signe de se remettre à travailler.

« On peut quand même bien parler à ses oiseaux », bougonna-t-il en s'éloignant. Il se dirigea vers le poulailler, situé juste derrière le bassin où quelques poissons rouges engraissaient à vue d'œil. Ses poules aux couleurs extravagantes l'accueillirent dans un concert de caquètements et de battements d'ailes. Au fond, un vieux coq convalescent se reposait dans une sorte de « volière hôpital » pour les oiseaux blessés du quartier. Adolphe Sax était en train de vérifier son pansement quand ses enfants, Anna-Émilie, Adèle-Marie et Adolphe-Édouard, vinrent le saluer. Ils portaient des chapeaux, tenaient cerceaux et bateaux en bois, et s'apprêtaient à aller passer la journée au square de la Trinité en compagnie de leur préceptrice.

Léon se remit aussitôt à l'ouvrage. Il était chargé de gratter le roseau pour fabriquer des anches.

« Ces languettes qu'on appelle des anches vibrent au premier souffle à l'intérieur du bec des instruments, lui avait expliqué Charles Sax. C'est un peu comme dans ta gorge : la glotte émet des vibrations qui s'amplifient et produisent le son. »

On n'avait jamais eu de si fin gratteur dans la maison. Léon eut rapidement beaucoup de succès parmi les clients musiciens qui venaient chaque jour choisir ou essayer un instrument, car il n'avait pas son pareil pour calibrer et tester la fibre des anches. « Il y a des anches traîtresses, aimait-il à prévenir les habitués de l'atelier. Elles vibrent plus que les autres. Pour moi, les plus douces sonnent près du nez. »

Léon répétait en soupirant : « La vie des anches est éphémère », un adjectif qu'il avait entendu traîner dans le quartier à propos de l'amour.

Les clients suivaient ses conseils les yeux fermés. Joseph

tenta plusieurs fois de lui demander son avis sur une pièce en cours de fabrication, mais Léon esquivait toute conversation, craignant d'être reconnu comme Éléonore. Auprès de ses autres collègues, cette notoriété méritée finissait par faire des jaloux.

Plusieurs fois, Léon trouva ainsi sur son établi de petits paquets qui lui étaient destinés. Un jour, il découvrit des tripes molles et odorantes dans son casier ; une autre fois, on lui remplaça ses anches finement et longuement taillées par des lamelles de gruyère rance. Ces plaisanteries d'ouvriers faisaient rire Joseph de bon cœur. Il avait même insisté quand, un samedi, les compagnons de l'atelier avaient proposé à Léon de les accompagner : « On va demain dans une guinguette ! Viens avec nous, tu verras, on se baigne, on danse, on court les filles !

– Merci, euh, non merci, les filles, c'est pas... » Léon avait pas mal hésité avant de finalement trouver une excuse : « Le dimanche, j'aide ma tante à la blanchisserie.

– Ah oui, quelle blanchisserie ? J'en connais une, pas loin d'ici, où il y a une très jolie lingère qui travaille. Tu ne la connaîtrais pas, par hasard ? Il y a un moment qu'on ne s'est pas vus. »

Joseph s'était encore approché de Léon, qui recula brusquement, le feu aux joues.

« Les gars, j'ai encore de l'ouvrage, on reparle de ça plus tard ! »

Éléonore n'avait rien trouvé d'autre pour mettre fin à cette conversation. Pour donner le change, elle se mit à fredonner une de ces chansons que les compagnons de l'atelier lui avaient apprises : « La digue, la digue, en revenant de Nantes, De Nantes à Montaigu, la digue, la digue ! » Joseph, haussant les épaules, reprit derrière elle, en chœur.

« Eh bien, messieurs ! Vous voilà bien joyeux, j'espère que le travail va aussi vite que la musique ! »

Monsieur Charles n'était pas de ces patrons qui interdisaient qu'on parle ou qu'on chante à l'usine, il tolérait... mais surveillait de près le rendement.

À la fin de la journée, Léon retrouva Joseph sur le trottoir de la rue Saint-Georges.

« Viens, filons, il faut que je te parle.

– De quoi ? Vas-y !

– Non, pas ici, y a trop de monde ! »

Léon marchait d'un pas vif, Joseph suivait sans mot dire. Quand ils furent hors de portée de l'atelier Sax, et pas encore à la blanchisserie, l'apprenti saisit Joseph par le bras.

« Pardonne-moi, mais je ne suis pas Léon, je ne suis pas un garçon... Tu me connais. » Tout en s'expliquant, elle avait soulevé le côté de son bonnet. Et, à la vue des petites boucles blondes, Joseph poussa un cri : « Éléonore ?

– Oui, Joseph, mais je ne pouvais rien dire. C'était le seul moyen de me faire engager chez Sax ! »

Joseph la regardait en silence, déçu et meurtri.

« On était amis, non ? Et tu ne me fais même pas confiance ! »

Éléonore le rattrapa et voulut lui prendre la main. Il la repoussa.

« Tu m'as menti ! Et je me suis inquiété pour Éléonore, figure-toi ! Je n'ai plus aucune envie de te parler », et il partit sans se retourner.

Éléonore ne trouva pas les mots pour le retenir. Elle se mit à pleurer, murmurant pour elle-même : « Joseph, je t'aime beaucoup, mais comprends-moi, j'aime encore plus la musique ! »

Ce soir-là, Angèle vit bien que sa nièce n'était pas dans son assiette.

« Tu as du souci ?

– Non, non, je suis fatiguée.

– Tu as du chagrin ? »

– Non ! j'ai juste besoin de dormir. »

Éléonore s'empressa de rejoindre sa chambre. Elle s'enfouit sous sa couverture, serrant contre elle la petite boîte où elle rangeait les lettres de sa mère et de son frère, et s'endormit en fredonnant en sourdine la berceuse de son enfance.

Le lendemain matin, elle se leva avec difficulté et ne put avaler la tranche de pain posée devant elle : son estomac était noué. Elle s'affairait à dissimuler sa poitrine sous un tas de vieux tricots quand Angèle se décida enfin à lui parler : « Qu'est-ce qui ne va pas ? Tu en fais, une tête !

– Rien... je suis fatiguée. »

Éléonore n'osa avouer qu'elle avait du chagrin, alors Angèle grommela : « Tu as une mine épouvantable avec tout ce travail. Et puis j'ai bien vu que tu avais coupé tes cheveux encore plus court. Sans tes belles boucles, cette coiffure est un vrai massacre ! Écoute-moi bien, ma petite, tu dépasses les bornes, et moi je ne veux pas m'inquiéter : Gervais va écrire à ta mère. Elle t'a envoyée ici pour travailler avec moi à la blanchisserie, pas pour que tu te fasses passer pour un garçon...

– Ce n'est pas elle qui m'a envoyée, c'est mon père ! »

Gervais, qui venait d'entrer, prit le relais : « Justement, c'est pour cela qu'il nous faut les prévenir. Si je me souviens bien, c'est parce que tu jouais du piston en cachette qu'Arsène s'est fâché. Nous, on veut pas d'histoires avec ton père. On peut pas lui cacher que tu travailles entourée d'hommes, qui te prennent pour un des leurs, ça non !

– Oui, mais, si tu lui dis que je fabrique des instruments, il va venir à Paris et j'ai peur de ne plus jamais pouvoir jouer de musique ! »

Angèle se montra intraitable : « Ma petite fille, on ne bâtit pas une vie sur un mensonge. »

Et Gervais conclut, solidaire de sa femme : « Tu crois pas que tu pourrais parler à monsieur Sax ? »

Ce soir-là, Éléonore se sentit seule comme jamais ; Joseph était en colère, son oncle et sa tante avaient changé de camp, et elle ne voulait pas les quitter. Elle pleura en silence en appelant sa mère et son frère.

CHAPITRE 5

La syncope de Léon

Aujourd'hui, rue Saint-Georges, c'était jour de concert : un rendez-vous que les mélomanes de Paris n'auraient raté pour rien au monde.

« J'ai réfléchi, il faut qu'on parle ! »

Joseph avait lancé ces quelques mots à Éléonore juste avant d'entrer dans la jolie salle que monsieur Sax avait fait construire en face des ateliers. Des chaises dorées, recouvertes de velours rouge, avaient été disposées en rangs serrés. Les ouvriers étaient logés plus haut, au balcon du premier étage, sur des bancs en bois. Mais, de là, ils dominaient la scène et pouvaient profiter du spectacle.

Un homme en livrée, qu'Éléonore n'avait jamais vu dans la maison auparavant, annonçait l'entrée des hôtes de marque : le prince de Chimay ! Alexandre Dumas ! Hector Berlioz ! Et surtout l'émir Abd el-Kader ! Léon, les joues cramoisies, n'en revenait pas d'être en si noble compagnie.

Le dignitaire portait le burnous traditionnel, et on voyait très nettement briller son sabre à sa ceinture. L'homme avait tenu tête à Bugeaud et ses armées en Algérie, il avait fait fléchir la France avant d'être vaincu par des chefs de tribus indigènes. Il avait connu la prison, sans pour autant perdre de son prestige, et Napoléon III le considérait toujours comme un ami de la Nation. La maison Sax n'avait jamais reçu d'hôte aussi éminent, et le Tout-Paris s'était battu pour assister à ce concert insolite.

L'émir s'installa et demanda qu'on lui présente les enfants d'Adolphe, qui se tenaient bien droits, en rang le long de la coulisse. Ils s'approchèrent un à un. Anna-Émilie, du haut de ses douze ans, exécuta une gracieuse révérence. Adèle-Marie, âgée de huit ans, s'empêtra un peu dans les moulinets du poignet - son bonnet tomba aux pieds de l'émir, qui le fit ramasser par ses gardes et, alors qu'Adolphe-Édouard, six ans tout juste, s'approchait timidement, l'hôte de marque lui tendit la main et l'invita à s'asseoir. Adolphe Sax, touché par tant d'honneur, s'inclina respectueusement. À ses côtés, son frère, Alphonse, en fit autant.

L'orchestre se mit en place devant la grande vitrine tout juste aménagée pour que les derniers modèles de chaque instrument puissent y être exposés, et commença son récital par une composition pour saxophones et violons de Meyerbeer.

Éléonore, *alias* Léon, était aux anges : l'acoustique de cette salle en forme d'œuf, que monsieur Sax avait entièrement conçue, était parfaite. Les sons chauds des cuivres soutenaient avec élégance la complainte des violons.

Soudain, un couac se fit entendre ; Léon s'effondra de son maigre poids sur la rangée qui le précédait. Il y eut des bruits de chaises, un cri étouffé, puis un long silence. L'orchestre venait de s'arrêter. Même l'émir s'était retourné. Joseph et un second compagnon s'emparèrent de Léon et le transportèrent dans un des petits salons. Du haut du balcon, un contremaître fit signe que tout était en ordre, et les musiciens reprirent le concert.

« Je m'en occupe ! Va ouvrir la fenêtre », demanda Joseph à son camarade.

Il tapota les joues de Léon, desserra son col, sa cravate, puis, voyant que le souffle ne revenait que très faiblement, il ouvrit sa veste, dégrafa les premiers boutons de sa chemise...

Alphonse, venu voir quelle était la cause de l'incident, avait pris les choses en main.

« Messieurs, messieurs, allons, sortez, faites de l'air ! Laissez-moi faire ! Mais !... »

Joseph s'écarta à regret.

Léon reprenait doucement des couleurs, mais Alphonse était devenu tout pâle. D'une voix plus basse, il se pencha vers l'apprenti.

« Tu vas mieux ? Tu nous as fait peur. Mais il va falloir m'expliquer. Ta... »

Il semblait très embarrassé, plus encore qu'en colère.

« Ta... enfin, j'ai ouvert ta veste... Et j'ai vu ta, euh, ta poitrine... Pourquoi t'es-tu déguisé ? »

Léon tourna de l'œil à nouveau. Joseph sortit de l'alcôve où il s'était réfugié.

« Elle voulait à tout prix travailler chez votre frère, c'est pour ça qu'elle s'est habillée en garçon. Il n'aurait pas embauché une fille, pas vrai ? »

Le jeune garçon n'obtint pas de réponse. Alphonse décida d'employer les grands moyens. Une idée lui était venue pour réveiller à coup sûr la petite à l'oreille absolue.

« Tiens-la assise ! Je reviens ! »

Il alla chercher un cornet à pistons et le plaça devant la bouche d'Éléonore. Elle parvint dans un souffle à sortir quelques notes et reprit ainsi progressivement ses esprits.

Alphonse était plutôt fier : « Je vais t'expliquer ma théorie, confia-t-il à Joseph. Jouer d'un instrument à vent, c'est une excellente gymnastique pour les poumons. Écoute mon conseil, au risque de passer pour un farfelu : si tu as une femme un jour, fais-la souffler dans des cuivres, et elle n'aura pas de problèmes respiratoires. Par-dessus le marché, elle te fera de beaux enfants. Les fanfares féminines que j'ai créées sont un bienfait pour l'humanité, ces messieurs de l'académie des sciences l'ont reconnu ! »

Ces considérations laissèrent Joseph songeur tandis qu'il regardait Éléonore reprendre des couleurs.

Une fois le concert achevé, Adolphe vint les rejoindre dans le petit salon.

« Il va mieux !

– Oui, oui ! » répondit son frère, sachant qu'une autre question n'allait pas tarder.

Adolphe était au comble de la joie ; la réception s'était si bien passée qu'il n'avait rien remarqué. « Tu te rends compte, l'émir a tellement aimé qu'il a promis de parrainer mes instruments auprès des princes du Moyen-Orient !

– Adolphe, moi aussi je suis content, c'est grâce à ma méthode que j'ai sauvé la petite... Elle a soufflé dans un cornet et hop ! elle est revenue à elle !

– Comment ça, "la petite" ? » Adolphe venait soudain de comprendre... Les boucles blondes, le jeune Léon se tenant toujours à l'écart des autres ouvriers... Il regardait Éléonore.

« Si je comprends bien, tu m'as berné ! »

Éléonore mesura sa déception et tenta de s'expliquer : « Je ne voulais pas vous tromper, monsieur, surtout pas vous, mais depuis que je suis née je ne pense qu'à la musique ; mon père m'interdit de jouer, et vous, vous ne m'auriez jamais engagée si...

– Quelle bêtise ! s'exclama Alphonse, à qui on n'avait pourtant rien demandé. Dis à ton père que la musique est une excellente hygiène de vie pour les femmes ! Moi, je peux t'embaucher dans ma fanfare féminine, je t'offrirai les cours ! »

Adolphe était abattu. « C'est vrai, je ne t'aurais pas acceptée comme apprenti, reconnut-il. Ce n'est pas convenable, les femmes n'ont pas leur place dans les usines où les ouvriers travaillent dur. Pourtant, je suis bien obligé de reconnaître que tu es un très bon élément. Le meilleur, peut-être ! »

Adolphe s'assit sur un petit sofa et se versa deux doigts de porto en soupirant. Il avait l'air soucieux.

« Je ne suis pas sûr de pouvoir te garder à la fabrique. Présente-toi demain, comme d'habitude, et je ferai part aux ouvriers de ma décision. À ce propos, quel est ton vrai prénom ?

– Éléonore, monsieur ! »

Adolphe et Alphonse marquèrent un temps d'arrêt.

« Notre sœur s'appelait Éléonore, expliqua Alphonse. Elle est morte à vingt ans, c'était une âme sensible...

– Oh, messieurs, je vous demande vraiment pardon, murmura Éléonore en s'inclinant vers les deux frères, je n'aurais jamais dû...

– Nous verrons tout cela demain, répondit Adolphe, irrité. Et puis relève-toi donc, nous ne sommes pas à la messe ! »

Joseph eut pitié de sa camarade, elle avait l'air si misérable ; il lui saisit le bras et l'entraîna vers la rue.

« Tu vois où ça t'a menée, toutes ces idées !

– Joseph, tu sais, je suis vraiment désolée... Je ne voulais pas te faire de peine, je ne voulais pas fâcher monsieur Adolphe, je voulais juste...

– Oui, oui, on sait, la musique, les instruments... Y a que ça qui compte pour toi, c'est bien le problème. »

Éléonore étouffa un soupir et glissa sa main dans celle de Joseph. Il la regarda un peu étonné, mais au lieu de la repousser, il remit de l'ordre dans ses cheveux tout ébouriffés. « J'espère que maintenant tu vas les laisser pousser, tu es plus belle en fille qu'en garçon. » Ils marchèrent en silence. En la quittant devant la blanchisserie, Joseph posa un baiser sur la joue de son amie.

Elle était encore tout émue et souriait bêtement en retirant son manteau quand Angèle lui fonça dessus.

« Ça va, ma chérie ? On dirait que non, tu en fais, une drôle de tête ! »

Éléonore, happée par la réalité, s'effondra sur une chaise.

« Monsieur Sax a tout découvert. Quelqu'un a joué faux, je me suis évanouie et il a bien vu que j'étais une fille, pas un garçon !

– Comment ça, il a tout découvert ?! s'exclama Angèle, gênée par la situation. Ça, je te l'avais bien dit, que ton mensonge ne tiendrait pas ! Bon mais, maintenant qu'il sait, tu n'es plus obligée de te déguiser ?

– Non, mais il va sûrement me renvoyer... » Cette idée plongea Éléonore dans un abîme de tristesse. Angèle la prit affectueusement dans ses bras. « Tu verras bien demain : monsieur Sax ne t'a pas interdit de venir à l'atelier ?

– Non.

– Alors ne t'en fais pas, et puis j'ai une belle surprise pour toi. »

Elle sortit une enveloppe du tiroir du buffet.

« Paul nous a écrit... Et il y a aussi ce paquet qui est arrivé ce matin. »

Le visage d'Éléonore s'illumina soudain et elle se précipita vers son oncle qui venait d'entrer.

« Oh, tonton, il y a une lettre, lis-la-moi ! »

Gervais prit le temps de se dévêtir, les yeux pétillants, mais, voyant que sa nièce trépignait, il commença la lecture des dernières nouvelles de Lille : « Petite sœur chérie, tu me manques et je pense à toi souvent. Papa et maman vont bien, mais moi je suis fatigué. »

Il marqua une pause, et préféra résumer la suite pour ne pas affoler Éléonore : « Ton frère dit qu'il ne travaille plus à la chaudronnerie, c'était trop pénible, ils l'ont pris à la gare. Il vend les billets, et ça lui plaît. Ta mère t'embrasse fort, mais elle s'inquiète. Elle ne comprend pas pourquoi tu n'as pas essayé de travailler chez monsieur

Sax sans te déguiser. Elle n'a pas osé en parler à Arsène, elle va venir nous voir et après elle lui racontera. Elle ne sait pas quand, je suppose que... »

Éléonore bondit de joie : « Maman va venir ! Je vais voir maman... Oh, je suis si contente ! »

Elle sauta au cou de son oncle et se mit à hoqueter de rire tout en fondant en larmes.

« Dis, tonton, tu me reprendras pour les livraisons, si monsieur Sax ne veut pas me garder ?

– Mais bien sûr, ma chérie, je t'apprendrai même à conduire la voiture à bras ! Mais il faudrait voir à t'instruire un peu. Dis donc, tu ne regardes même pas ce que ton frère t'a envoyé ?

– Oh si ! j'allais oublier... »

Éléonore déballa le paquet avec précaution. Elle avait compris à la forme qu'il contenait un instrument, mais, quand elle découvrit que c'était son cornet à pistons que Paul lui avait envoyé, elle expliqua : « C'est celui qu'il me prêtait... celui dont je jouais... C'est à cause de lui que... » Elle ne termina pas sa phrase et se jeta dans les bras d'Angèle.

Gervais lui lut alors les phrases du courrier qu'il avait sautées : « Petite sœur chérie, je te donne mon cornet. Cela fait des mois qu'il n'a pas bougé de l'armoire, personne ne s'en sert... Fais-en bon usage et souffle jusqu'à la lune. Ton frère qui t'aime et qui se languit. Paul. »

« Vous ne pouvez pas savoir comme je suis heureuse.

– Eh bien, parfois, tout s'arrange ! s'exclama Angèle... Maintenant, moi, je veux t'entendre, tu vas bien nous jouer un petit air ? »

Éléonore s'exécuta, interprétant pour son oncle et sa tante le concert interrompu de la remise ; mais ses doigts manquaient d'agilité et, au bout d'une cascade de fausses notes, elle s'arrêta.

« Faut que je m'entraîne. Si je continue, je vais tourner de l'œil. »

Le bonheur de retrouver sa mère prochainement et la joie de pouvoir rejouer de la musique effacèrent la peur de se faire renvoyer. Éléonore s'endormit en serrant le piston dans ses bras et en pensant avec tendresse à Paul, si fatigué là-bas, à Lille.

*

Le lendemain matin, elle attendit sagement à la porte de l'atelier, là où son avenir allait se jouer.

L'embauche se déroula dans une atmosphère solennelle. Monsieur Sax, accompagné de son frère, avait intimé à tous ses ouvriers l'ordre de se rassembler autour de la grande presse. Ils étaient presque quatre-vingts à se demander quel sort leur serait réservé. La dernière fois que le patron les avait ainsi réunis, c'était en 1852, pour leur annoncer la grande faillite. Autant dire qu'un silence de plomb régnait sur l'atelier quand le patron s'adressa à ses employés : « Messieurs, il y a un nouveau parmi nous. Ou plutôt, une nouvelle ! Celui que vous connaissiez sous le nom de Léon, l'ajusteur d'anches de l'atelier 3, est en fait une jeune fille. Elle nous a tous roulés, et nous nous sommes tous laissé prendre ! Mais j'ai décidé de ne pas la renvoyer, parce que Éléonore – c'est son prénom – travaille consciencieusement, parce que les clients l'apprécient, parce qu'elle aime la musique plus que tout et que son oreille est exceptionnelle. C'est pourquoi elle va continuer à travailler avec nous : je vous fais confiance pour vous conduire du mieux qu'il se doit, et surtout pour rester concentrés. À vous de voir si vous voulez continuer à l'appeler Léon ou si vous préférez son vrai prénom. Messieurs, voilà ce que j'avais à vous dire ce matin. Allez, maintenant, au travail, nous avons des commandes en retard ! »

Un brouhaha accueillit ce discours. Après le soulagement de ne pas se retrouver une nouvelle fois sans emploi, c'était un peu la stupéfaction dans les rangs : « Léon...

– Une fille...

– Ben mince... !

– Et nous qui l'avions invitée à aller guincher... »

Les plus jeunes ne faisaient pas les fiers.

« Ben dame, cette fois, c'est toi qu'on ira faire danser ! »

Joseph faillit boxer un garçon qui approchait Éléonore d'un peu trop près. Ce fut Alphonse qui ferma le ban : « Au travail, messieurs, et pas de niche à Éléonore, elle fait désormais partie de ma fanfare féminine : autant vous dire que je prendrai soin d'elle. »

Puis il partit rejoindre son propre atelier, au 5 *bis* de la rue d'Abbeville. L'endroit était moins vaste, moins connu que l'atelier de son frère, mais assez renommé tout de même, puisqu'il fabriquait aussi des instruments estampillés A. Sax.

Éléonore reprit tranquillement sa place, mais au fond d'elle-même, une petite voix chantonnait : « Ça y est, non seulement je travaille, mais en plus je vais pouvoir jouer de la musique... » Plusieurs fois, Joseph passa près d'elle, il tenta même de lui parler, mais il se trouvait toujours quelqu'un pour les épier. À la fin de la journée, il se dissimula sous une porte cochère et attendit fébrilement celle qu'il pouvait de nouveau escorter. Il reconnut son pas, se faufila dans son sillage.

« Tu as gagné ! Tu as ce que tu voulais. Finalement, ça sert d'être têtue. »

Éléonore lui adressa son plus beau sourire.

« Ah oui, je suis vraiment heureuse, j'ai bien cru que j'avais tout perdu.

– Moi, je crois que ça se fête, une journée pareille ! Maintenant que tu es redevenue une fille, j'aimerais bien t'emmener danser ?

– Dimanche, Joseph, c'est promis, on ira dimanche à la campagne. »

Comme ils s'étaient engagés dans des rues moins éclairées, il s'approcha d'elle et lui saisit la main. « Je suis content qu'on ne soit plus fâchés, je dois dire que ça m'a manqué de ne pas te raccompagner tous les soirs.

– À moi aussi. »

Ils marchèrent en silence, côte à côte, se séparant seulement devant la blanchisserie. Au moment de l'embrasser, Joseph oublia de tendre sa joue, et Éléonore sentit les lèvres du garçon frôler les siennes. Elle frissonna. Peut-être y avait-il des émotions plus fortes encore que la musique...

CHAPITRE 6

La fanfare des Tourterelles

« Mesdames, mesdemoiselles, un peu de discipline ! L'art est beau, mais donne bien du travail ! »

Alphonse se tenait debout sur une estrade et s'adressait aux novices de sa fanfare, la fanfare des Tourterelles. « Ici, je veux des bouches saines, des dents propres et pas de rouge à lèvres ! La musique exige avant tout une bonne hygiène. »

Au premier rang, une grande et belle femme rousse sortit un mouchoir de dentelle et essuya ses lèvres. Toutes les autres firent de même. Un journaliste du *Figaro* était venu voir à quoi ressemblait ce monsieur Alphonse qui, sur ses affichettes, proclamait : « Venez nombreuses, mesdames, à mes répétitions, venez souffler dans un piston, c'est bon pour vos poumons ! »

Il prenait des notes sur un calepin tandis qu'Alphonse pérorait : « Mesdames, le monde entier nous observe, vous allez me servir de cobayes. Grâce à cette fanfare, je vais pouvoir prouver ce dont je suis convaincu depuis des années : des poumons sains et exercés résistent à la tuberculose, qui, je vous le rappelle, a tué cent cinquante mille personnes l'an dernier. Rien qu'en France ! »

Puis, se tournant vers le journaliste, il poursuivit : « Cette idée m'est venue quand j'ai constaté que parmi mes dix frères et sœurs, huit étaient morts jeunes ; mon frère Adolphe et moi, nous sommes les survivants, et nous jouons tous les deux de la musique ! »

Au premier rang, une beauté ouvrait des yeux éblouis devant tant de science. Elle s'appelait Ninon, se prétendait modiste, et était bien connue comme grisette dans tous les bals de la butte Montmartre. Ninon portait un clairon, souvenir de son père, gravement blessé à la guerre de Crimée. À ses côtés se tenait Cécile, la cadette du docteur Vieuxtemps, en chignon, bésicles, chemise à jabot et jupe stricte. Cécile attendait les ordres de son chef d'orchestre, son ophicléide posé devant elle sur une chaise.

Alphonse théorisait, si fier d'avoir du public qu'il commençait à radoter : « Je n'hésite pas à affirmer, envers et contre tous les esprits conservateurs de notre temps, que les femmes ne sont pas de faibles créatures. Leur sensibilité est simplement autre que celle des hommes. Les femmes ont du talent pour les cuivres, qu'on se le dise ! »

La plaisanterie ne fit pas sourire Anastasie, qui astiquait les casseroles chez des petits-bourgeois des Batignolles ;

elle savait combien il fallait frotter pour faire briller. C'était Rita, véritable pilier de la fanfare, qui l'avait convaincue de venir.

« Ah, Rita ! » Alphonse s'approcha de la belle et grande femme rousse aux formes généreuses, puis s'adressa au journaliste : « Je suppose, monsieur... pardonnez-moi, j'ai peur d'écorcher votre nom !

– Gustave de La Mirandière !

– Eh bien, monsieur de La Mirandière, je suppose que vous aurez noté comme tant d'autres que mes petites fanfaristes ont toutes des poumons bien développés. »

En guise de réponse, le journaliste piqua un fard et fit mine de relire ses notes. Alphonse, pour ne pas laisser son hôte dans l'embarras, lui présenta la nouvelle recrue : Éléonore.

« Cette petite est une débutante et, avant de voir comment elle joue, j'aimerais savoir si elle chante juste. »

Éléonore hésita un moment puis, ne sachant quel air choisir, elle prit sa respiration et se lança dans une interprétation très inspirée de sa berceuse fétiche. Elle s'appliquait à tenir ses notes et à bien articuler, comme elle avait vu le faire une cantatrice chez monsieur Sax. Elle saisit, au regard médusé de ses compagnes, qu'elles ne comprenaient pas les paroles. Elle se mit donc à mimer chacun des couplets avec le sac de Rita dans les bras en guise de marmot, pour que son public suive bien ce que racontait cette berceuse pour les bébés du Nord. Entre les mots de patois et les mimiques de la petite, les demoiselles se mirent à pleurer de rire, mais l'adolescente ne s'offusqua pas : « C'est une chanson de chez nous !

– Ça, on avait remarqué, mais nous, ici, on connaît pas de "p'tit quinquin" ! »

Rita cherchait, en vain, à se souvenir du refrain. Le verdict d'Alphonse mit un terme au chahut : « Tu chantes en *mi*, parfaitement juste ! Et je pense que tu peux couvrir un peu plus de deux octaves. Bravo ! »

Éléonore ne comprenait pas vraiment ce jargon musical, mais, aux exclamations de ses consœurs, elle mesura leur admiration.

« Montre-moi maintenant ce que tu sais faire au cornet à pistons. »

La jeune fille s'empara doucement de son instrument et interpréta une complainte qu'elle venait d'inventer.

Rita ferma les yeux, comme pour mieux laisser la musique l'envahir. Elle était ainsi, chahuteuse mais romantique, passant du rire sonore aux larmes de midinette. Elle connaissait Montmartre comme sa poche, y avait fait tous les métiers : écuyère au cirque Fernando, aguicheuse au Bar du Hanneton... elle était désormais serveuse au Moulin de la Galette. « Tu as du souffle, ma cocotte ! » chuchota-t-elle à la jeune musicienne.

Toutes les filles étaient ses « cocottes », mais là, elle

était conquise. D'instinct, elle prit Éléonore sous son aile. Elle vint voir l'adolescente quand Éléonore eut enfin terminé. « Tu devrais quand même t'habiller en vraie demoiselle. C'est pas les garçons manqués que les hommes viennent voir sur scène. J'ai plein de chemisiers trop petits, je te les apporterai ! »

Alphonse commença à distribuer les rôles et les instruments. Émilienne, la crémière, hérita du basson ; Azalée, une petite qui servait de faire-valoir au magicien de la rue Lepic, se vit confier une clarinette, et Irma, dont on disait qu'elle était une lorette, s'installa au saxtuba. Passant sa tête à l'intérieur de ce trombone au pavillon géant, elle donna le coup d'envoi de leur premier succès, *En partant pour la Syrie*, le grand air du moment, une marche pompeuse et dynamique qu'adorait l'impératrice Eugénie. Rita s'était emparée du soubassophone, qu'elle avait passé autour de sa taille.

Éléonore écouta sagement, mais dès la première fausse note, et il y en eut plus d'une, elle se sentit pâlir. Alphonse, qui connaissait sa fragilité, la fit souffler dans son cornet, et, comme elle reprenait des couleurs, il s'adressa, triomphant, au journaliste La Mirandière : « Mon bon monsieur, je vais sauver les femmes grâce à mes instruments. Elles sauront respirer, auront de beaux poumons, feront des enfants solides et sains, car les femmes aux belles épaules font les beaux gaillards ! C'est prouvé. Comme il leur faudra beaucoup répéter, elles ne seront plus tentées par l'oisiveté, et puisque je vais les payer, cent cinquante à trois cents francs par mois pour celles que je garderai dans ma fanfare, elles n'auront plus besoin de poser nues ou de se prostituer pour manger ! Je suis à moi tout seul un sauveur du genre féminin ! »

Le journaliste Gustave de La Mirandière écrivit un très long article, que Rita montra aux filles dès le jeudi suivant. Il était, hélas, illustré d'une caricature très ressemblante de monsieur Alphonse jouant du tuba en tutu, assortie d'une légende : « Pour ne plus être tubardes, mesdames, jouez du tuba ! » Sa gymnastique des poumons faisait rire tout Paris, mais Alphonse s'en moquait, car elle intéressait les médecins et la Faculté.

Il entraîna ses Tourterelles pendant six mois. Il avait décidé qu'elles seraient sur scène pour l'inauguration de l'Exposition de l'art industriel. Les vingt fanfaristes travaillèrent vaillamment. Deux seulement savaient lire les notes, Cécile et Azalée ; les autres emportaient leurs devoirs de solfège chez elles pour combler leur retard. Éléonore prit ainsi l'habitude de tracer des portées juste avant de s'endormir. Joseph lui avait acheté du papier à musique. Il était fier de celle qu'il appelait « mon petit rossignol ». Il l'attendait à la sortie des répétitions, et au moment de se séparer d'elle, il se rapprochait chaque soir un peu plus du vrai baiser. Il lui tenait la main, soufflait des mots doux dans son cou, effleurait sa poitrine comme par mégarde. Cette attente était autant supplice que délice, pour l'un comme pour l'autre. Elle lui prenait le bras, caressait sa joue, avait pour lui tous ces petits gestes de tendresse qui bâtissent un amour. Le soir, avant de s'endormir, il cherchait un peu de son parfum sur la manche de sa chemise. Il était amoureux. Il plaçait chaque mois un peu de sa paie à la caisse d'épargne, caressant l'espoir d'acheter un jour deux billets de train pour l'emmener dans son petit village près de Laval, au pays des chouans. Il rêvait de présenter Éléonore à ses parents, et de lui demander sa main sur le petit pont de bois qui traverse la Mayenne.

« Tu veux bien rencontrer mon oncle et ma tante ? Ça fait si longtemps qu'ils veulent faire ta connaissance, lui demanda un jour Éléonore.

– Oui, mais là, je suis pas bien habillé.

– Oh ça ! je te jure qu'ils s'en fichent. »

Ils s'arrêtèrent devant la porte de la blanchisserie, et Éléonore entra la première.

« Tante Angèle, Joseph est avec moi, je peux le faire entrer ?

– Bien sûr... Venez, venez, jeune homme, on ne va pas

vous manger. Ma nièce nous a parlé de vous. Enfin, il a quand même fallu la questionner ! »

Gervais salua le garçon et procéda à un interrogatoire poli mais en règle. Nom, âge profession des parents, région d'origine... Satisfait des réponses, il décida que Joseph était un bon gars et l'invita à s'asseoir. Il lui expliqua à quel point sa nièce était une fille extraordinaire.

« Je sais, monsieur.

– Et douée avec ça.

– Je l'ai vue, à l'atelier, c'est la meilleure.

– Sans compter qu'elle est charmante.

– Ah ça ! oui... Enfin, elle manque pas de caractère. »

Angèle finit par les interrompre : « Messieurs, un peu de retenue, elle va rougir si vous continuez.

– C'est fait... dit doucement Éléonore. J'avais peur que... que vous ne l'aimiez pas.

– Ça, on te le dira plus tard, quand il sera parti ! » Et Gervais salua Joseph d'un grand éclat de rire.

« Madame, monsieur, je vous dis au revoir et merci pour l'accueil.

– À bientôt, mon garçon. Reviens nous voir quand tu veux. »

Joseph était loin quand Gervais prononça son verdict : « Il m'a l'air bien sérieux ! »

Angèle acquiesça, mais resta silencieuse. Sa nièce avait tout le temps.

*

Monsieur Alphonse réunissait ses fanfaristes deux fois par semaine, les mardi et jeudi. Dans le quartier, les mauvaises langues, bien évidemment, s'interrogeaient sur le « harem » d'Alphonse. D'autant que le groupe de jeunes femmes répétait au numéro 8 de la rue Saint-Georges, dans le vaste atelier prêté par Henri Pierre Tripp, dont la plaque avait tant impressionné Éléonore lors de son arrivée à Paris. L'homme exerçait le métier de photographe, et les allées et venues incessantes dans son atelier intriguaient fort les commères du voisinage : si dans la journée on voyait des familles entières y défiler, le soir c'étaient plutôt des filles seules, portant des tenues assez excentriques. Monsieur Tripp arrivait tôt le matin, ne sortait qu'à la tombée de la nuit et ne saluait jamais ses voisins. Les musiciennes, Éléonore en tête, détestaient le croiser. « Il a l'air louche », maugréait Rita, et toutes les fanfaristes partageaient son avis. Elles se voyaient de plus en plus régulièrement, travaillaient ardemment et obtenaient de beaux résultats.

Elles remportèrent un triomphe au palais de l'Industrie. Dès le premier soir, le public les applaudit à tout rompre. Un éminent critique salua le duo de Rita et Éléonore dans *Le Carnaval de Venise* comme « un grand moment de pureté musicale ». Un autre, plus grivois, fit l'éloge de monsieur Alphonse et vanta les mérites de ses musiciennes aux beaux poumons. Tout Paris voulait voir « les filles ». Si bien qu'Alphonse Sax décida de les préparer pour le concours mondial de la grande Exposition universelle qui devait se tenir dans la capitale.

Éléonore saisit l'occasion de cette grande fête des chorales et des orphéons qui approchait pour proposer à ses parents de venir la voir à Paris et, un soir, elle demanda à Gervais d'écrire à son frère :

« Mon cher Paul,

» Encore une fois, je te dis merci pour le cornet, j'en joue tous les soirs dans ma chambre. Si tu savais comme ça me fait plaisir. Tu me manques toujours autant. Je m'inquiète pour ta santé, j'espère que ton nouveau travail est moins fatigant. J'attends toujours maman. Quand arrive-t-elle ? Elle m'avait promis qu'elle viendrait... En t'arrangeant avec papa, vous pourriez venir tous les trois pour l'Exposition ? Dis-lui que les Crickmouils ont leur revanche à prendre sur l'Union chorale de Lille ! Il y a un prix à gagner : trois mille francs de récompense, ils ont leur chance. J'ai entendu pas mal de fanfares ici, elles sont moins bonnes que celle d'Émile. Peut-être que je participerai, moi aussi, avec les Tourterelles ? On gagne plein de médailles partout ! En plus, vous verriez tante Angèle, elle s'est mise au tuba ! Monsieur Alphonse l'adore, il dit qu'elle a un coffre épatant et un souffle de titan. Il nous donne des conseils qui te feraient bien rire : tous les jours, il faut se tremper les pieds dans l'eau froide, ça active la circulation ; et faire de drôles d'exercices d'assouplissement des lèvres, pour éviter la crispation. Son grand dada, c'est la respiration ; il nous fait contrôler tout le passage de la colonne d'air, depuis l'inspiration jusqu'à l'expiration, en mettant les mains sur le ventre, la poitrine et même dans le dos. Ça se gonfle, ça se dilate, ça s'écarte et le souffle sort, puissant comme le vent !

» Moi, j'adore jouer *La Polka jambe en l'air*, *La Valse des roses* et un scottish très chic dont je ne retiens pas le titre, parce que c'est de l'anglais... ou de l'écossais.

» Quand on jouait tous les deux, tu me répétais : "Souffler n'est pas jouer" ; tu avais bien raison. Monsieur Sax ne veut pas qu'on se déforme le visage en gonflant les joues ni qu'on écrase les lèvres sur l'embouchure. Oh ! j'aimerais tant vous montrer tout ça... En attendant de vos nouvelles, je vous adresse mille baisers de tout mon cœur. Embrasse bien fort petite maman, et essaie de convaincre papa.

» Ta sœur qui t'aime et qui espère que tu viendras,

» Éléonore. »

Emportée par son élan, Éléonore racontait, racontait... Gervais soupirait. Le mari de tante Angèle voulait bien lui écrire ses lettres, mais pas un tel roman.

« Soit tu écris moins, soit tu apprends à écrire et tu tiens toi-même la plume ; je n'ai pas le temps et pas assez de bougie pour passer mes soirées à recopier toutes tes idées. »

C'est ainsi qu'Éléonore osa un jour demander à Alphonse Sax s'il voulait bien lui apprendre les lettres, en même temps que les notes.

« Moi, je ne le saurais pas, mais je peux en parler à mon frère, répondit-il. Il paye une institutrice pour mes neveux ; elle acceptera peut-être de te donner tes premières leçons. »

CHAPITRE 7

En attendant l'Expo

Un matin, Éléonore prit son courage à deux mains et aborda mademoiselle Aubert : « Je voudrais apprendre à lire et à écrire, vous me prêteriez les cahiers des petits ?

– Vous allez voir, en quelques semaines, vous pourrez bientôt tout déchiffrer ! » promit la préceptrice.

La fille aînée d'Adolphe, qui avait quinze ans désormais, accepta volontiers de céder tout son matériel d'apprentissage : elle savait lire depuis longtemps.

Aussitôt, Éléonore entreprit d'aligner boucles et bâtons liés. Gervais et Angèle admiraient son courage, chuchotant pour ne pas la déranger : « Tu te rends compte, entre les répétitions et l'atelier, ça ne lui laisse pas beaucoup de temps pour s'amuser ! »

Mais Éléonore jubilait. Au bout de trois mois, elle commençait à déchiffrer le nom d'une réclame, d'une boutique, d'un produit, d'un voisin. Elle était d'autant plus assidue aux leçons de mademoiselle Aubert qu'elle voulait lire elle-même les longues lettres de son frère.

Elle put enfin prouver à Gervais qu'elle n'avait plus besoin de lui. Paul prenait soin de lui conter dans le détail les faits et gestes de tous les membres de la famille, jusqu'au plus éloigné de tous les cousins, avant d'aborder des confidences plus personnelles : « Le fils de René va enfin se marier. Les Brabant, nos voisins, viennent d'avoir des jumeaux. Les Delaveine sont partis pour Paris, rue des Récollets ; je ne sais pas si c'est près de chez toi. Papa et sa fanfare seront bientôt à Paris pour le concours. »

Éléonore se fit relire cette dernière phrase par Gervais : « Tu as bien lu, je te promets, c'est ce qui est écrit : ton père va venir ici.

– Et maman, pourvu qu'il vienne avec maman ! »

Quatre ans s'étaient écoulés depuis le départ d'Éléonore. La maladie de Paul s'était aggravée. Amélie s'inquiétait : elle n'avait pu tenir sa promesse pour s'absenter plus tôt. Mais elle espérait toujours venir passer quelques jours avec sa fille.

*

Depuis le début de cette année 1867, tous les commerçants parlaient du spectacle grandiose qui se préparait à Paris. L'Exposition universelle devait démarrer au mois d'avril et attirer des millions de visiteurs curieux de découvrir les créations des meilleurs inventeurs du monde entier. Chez monsieur Sax, dont le père venait de mourir, l'atelier tournait à plein régime. Il y avait les commandes à honorer, trente clarinettes pour l'armée de Prusse, bien fière de sa victoire contre l'Autriche l'année précédente, des saxophones pour la cour de Russie... Mais, dans une pièce fermée, une équipe d'ouvriers de confiance préparait les prototypes, une nouvelle génération de saxophones que le patron comptait dévoiler au grand jury de l'Exposition.

C'est là qu'Éléonore assista, sans le vouloir, à une effroyable dispute : Alphonse se tenait debout contre le meuble où on rangeait tous les plans, et il semblait hors de lui.

« Et les pistons ascendants ? Tu vas dire que c'est aussi une de tes inventions ? »

Adolphe faisait les cent pas derrière le bureau où, chaque jour, il triait les factures en attente.

« Tu sais très bien que je n'ai pas dit ça, mais avoue que tu n'aurais jamais eu cette idée si je n'avais pas ouvert la voie en faisant coulisser le cylindre des trombones pour passer du *mi* bémol grave au *si* bémol.

– Père disait que nous étions complémentaires, pas vrai ? Et maintenant qu'il est mort, tu veux exposer tout seul, faire breveter nos inventions à ton seul compte ! Tu rêves d'interdire à la terre entière de porter le même nom que toi ; si tu pouvais, tu traînerais le duc de Saxe devant la justice pour plagiat ! Tu me dégoûtes, il n'y a que l'argent qui t'intéresse ! »

Alphonse quitta la pièce en claquant la porte ; Adolphe ne chercha pas à le retenir.

« Monsieur Alphonse... »

Éléonore n'eut pas le temps de raisonner son chef de fanfare ; il avait déjà attrapé sa redingote, était sorti en trombe et hélait un tilbury qui l'emporta au bout de sa colère.

Le dimanche suivant, alors qu'ils marchaient jusqu'au Champ-de-Mars, elle raconta la dispute à Joseph, qui ne parut guère surpris : « Adolphe, les brevets, c'est toute sa vie. Il s'est battu onze ans pour que personne n'ait le droit de copier ses instruments, ce n'est pas maintenant qu'il va partager ! »

Joseph en savait bien plus qu'Éléonore sur la guerre sans pitié que se livraient les inventeurs entre eux ; il lui expliqua comment un facteur concurrent avait tenté de le débaucher, lui, simple petit cleftier, en lui promettant double paie pour essayer de percer le mystère du succès de la maison Sax ! Et du succès, Adolphe en avait. Son ami le grand musicien Berlioz répétait partout que son saxophone avait un son incomparable de chaleur et de clarté, et il vantait dans toutes les revues les progrès fulgurants de ce génie du cuivre et de l'airain.

« Je sais, dit Éléonore. Monsieur Alphonse nous a même expliqué qu'actuellement tous les grands compositeurs revoyaient leurs partitions pour ajouter du saxophone dans leurs opéras.

– C'est pour cela que les concurrents sont prêts à tout. J'ai même surpris un voleur, un soir, dans l'atelier. J'avais entendu du bruit, je croyais que c'était le chat des enfants – tu sais, le vilain qu'Adèle-Marie adore. Eh bien non ! c'était un grand type, sans doute entré par la fenêtre du jardin. Il avait décroché les plans qui nous servent à calibrer la courbure des cols, et comptait bien s'enfuir avec. Je lui ai couru après, sans le rattraper, mais, dans sa fuite il a lâché les dessins. Le lendemain, monsieur Sax m'a félicité, j'étais gêné. En plus, je n'ai rien fait d'héroïque. »

Éléonore appréciait la modestie de son compagnon. Il était réservé, mais avec elle il devenait presque bavard.

Bien avant d'atteindre le grand terrain militaire du Champ-de-Mars, ils furent pris d'une intense envie d'éternuer, l'ensemble du quartier étant comme enveloppé de poussière. Cela n'avait rien d'étonnant, car sur la grande esplanade c'était une ville entière que des centaines d'ouvriers étaient en train d'édifier. On pouvait déjà voir l'immense ossature du palais Omnibus, qui allait abriter les grandes nouveautés de l'industrie. Tout autour, les jardiniers plantaient, semaient le long des allées qui délimitaient les chalets en bois dédiés à chaque pays.

« T'imagines, ça va être une belle fête, et un sacré concours pour tous les inventeurs ! Monsieur Sax serait tellement heureux de gagner le premier prix de sa catégorie : il le mérite, enfin je crois. »

Éléonore avait décidé de ne pas se prononcer : elle aimait tout autant monsieur Adolphe, qui lui faisait confiance à l'atelier, que monsieur Alphonse, qui savait si bien la faire jouer. Joseph devina son embarras.

« Ils vont finir par se réconcilier », dit-il pour la rassurer. Puis, se rapprochant tout doucement de son cou, il murmura quelques mots doux : « C'est dimanche, mon petit rossignol ! Tu ne veux pas aller danser ? »

Elle rougit un peu et répondit vivement : « Tu sais bien que je ne sais pas...

– C'est pas compliqué, je t'apprendrai ! S'il te plaît, pour me faire plaisir ? »

Il avait saisi sa taille et plongé son doux regard bleu dans ses yeux, elle posa la tête contre sa poitrine, il lui vola doucement un baiser.

Elle se laissa embrasser et accepta d'aller danser.

Ils retraversèrent tout Paris en sautillant comme des enfants. Il courait devant elle, sautait du rebord des trottoirs, se cachait derrière un réverbère. Il était heureux, elle était tellement gracieuse !

Il patienta dans l'entresol de la blanchisserie pendant qu'elle se changeait. Gervais lui proposa un verre de limonade, Joseph trinqua avec l'oncle et la tante. Il faillit s'étouffer quand il vit Éléonore au pied de l'escalier.

« Mon Dieu que tu es jolie !

– Ah ça, oui, ma nièce ! Tu es bien belle ! »

Éléonore fit tourner sa jupe de satin bleu devant les hommes, on apercevait tout juste ses bottines et son jupon. Elle avait noué autour de sa taille fine un gros ruban de velours noir et enfilé un chemisier de dentelle. Joseph sentit monter un désir de la serrer contre lui, de l'embrasser. Gervais avait lu dans ses pensées et brisa la rêverie : « Amusez-vous, mais soyez sages et prudents, il paraît que les apaches ont repris leurs bagarres de quartiers ! »

C'était « le mal du siècle » à Paris : des bandes de voyous, surnommés « apaches », montaient des faubourgs pour détrousser les bourgeois. Ils profitaient de la nuit noire et attendaient leurs victimes dans les rues étroites.

Éléonore tenait fermement le bras de Joseph, sûre qu'il saurait la défendre. Ils grimpèrent la rue Lepic d'un bon pas. Il flottait sur le village de Montmartre comme un air de printemps précoce, les arbres de la rue des Brouillards commençaient à bourgeonner. Quand ils s'approchèrent du Moulin de la Galette, ils purent mesurer à quel point les Parisiens avaient envie de s'amuser : une longue file d'attente s'étirait sur toute la longueur de la rue Cortot.

Éléonore était fébrile. « J'ai très peur d'avoir l'air d'une bécasse. Je ferais bien mieux de regarder, je te jure, je n'ai jamais dansé de ma vie. »

Joseph proposa de lui enseigner les rudiments du quadrille, dans le petit jardin qui jouxtait la salle à boire. Elle avait le sens du rythme et sa grâce faisait le reste ; elle sut vite se débrouiller. Pour la polka et la valse, il était lui aussi débutant ; ils se contentèrent d'observer les couples plus expérimentés, se jurant qu'un jour ce serait leur tour de tournoyer, enlacés, au centre de la piste. Ils passèrent un long moment à regarder les joueurs de cartes, qui s'étripaient à la manille ou à la coinchée, puis Joseph offrit un verre à son amie. Éléonore, grisée par la danse, les lumières et la chaleur, posa la tête sur son épaule et se laissa embrasser. Quand elle étouffa un léger bâillement, il se résolut à la raccompagner chez sa tante.

Le lendemain, dès le petit matin, il l'attendait devant la blanchisserie. Ils partirent travailler main dans la main. Joseph savourait le bonheur de voir Éléonore non plus comme une petite sœur ou une amie déguisée en garçon, mais bel et bien comme sa jeune fiancée.

Dans l'atelier d'Adolphe Sax, l'effervescence était à son comble. Les instruments – parmi les plus belles pièces de la maison – étaient prêts pour les vitrines du palais de l'Industrie.

Dans la fanfare d'Alphonse Sax, par contre, régnait la consternation.

« Mesdemoiselles, nous ne pourrons pas jouer au Champ-de-Mars : le kiosque à musique est interdit aux femmes. »

Rita fut la première à se révolter : « Comment ça ? Et de quel droit ? »

Éléonore et Azalée sentaient la colère monter : « Elle a raison ! Pourquoi on ne peut pas jouer ?

– Vous voulez que j'en parle à mon père ? proposa Cécile Vieuxtemps. Il soigne la femme du préfet de police.

– Non, non, j'ai une autre idée : nous allons organiser un concert de protestation dans le quartier », proposa Alphonse, en encourageant ses musiciennes à agrafer sur leurs corsages les petites phrases revendicatrices qu'il avait rédigées : « Des fanfares pour les femmes ! » « Nous sommes toutes des tubardes ! » « Droit des femmes à la musique, droit des femmes au tuba, et tant pis pour la loi ! » « Le silence ne passera pas, Parisiens, nous voilà ! »

Le cortège remporta un franc succès dans toutes les rues du quartier. Alphonse fermait la marche et faisait signer son papier contre cette loi anti-tuba et pour le droit des femmes à exprimer leur talent. Il essayait, au fil des rencontres, de faire de nouvelles recrues. Après deux heures d'une manifestation musicale et festive, les Tourterelles regagnèrent l'atelier.

Éléonore se sentit défaillir : « Oh, mon Dieu ! Regardez ce désordre, et là, sur le mur ! »

Les autres poussèrent des cris de révolte : leur local avait été saccagé.

« Ça veut dire quoi, ces horreurs ? “Les femmes aux aiguilles” ?... Je me demande qui est l’abruti qui a bien pu écrire une ânerie pareille ! hurla Rita en redressant les chaises une à une. Je suis sûre que c’est Tripp !

– Quels crétins ! soupira la tante Angèle. De vrais barbares... Je ne vois pas pourquoi nous n’aurions pas le droit de jouer de la musique, de lire ou même de peindre...

– Faites-moi confiance, mes Tourterelles, dit le chef de la fanfare, nous allons prendre notre revanche, parole d’Alphonse ! »

CHAPITRE 8

Au bonheur des anges gardiens

Ce fut par un beau jour de juillet que l'orphéon des Crickmouils quitta Lille en train pour se rendre à Paris. Les musiciens amateurs s'étaient inscrits au concours international des fanfares, organisé dans le cadre de l'Exposition universelle ; Amélie avait fait des pieds et des mains pour accompagner son mari.

Pendant le voyage, Émile, le chef de l'orphéon, vérifia que chacun portait bien sa casquette, son insigne et, bien sûr, son instrument, puis il donna les dernières consignes : « Messieurs, du dynamisme, du mouvement, de l'expression et de l'articulation !

– À l'Expo, nous allons, à l'Expo, nous vaincrons ! » répondirent tous en chœur les Crickmouils, qui avaient gardé secret le programme choisi...

Dès son arrivée en gare du Nord, toute la joyeuse bande fut conduite avenue Rapp, non loin du palais de l'Industrie, construit en un an sur le terrain militaire du Champ-de-Mars. Seuls Arsène et Amélie Leblanc lui faussèrent compagnie.

« Nous avons à faire, on vous rejoindra plus tard ! »

Émile s'exclama : « Il fallait s'y attendre, notre cornet à pistons et sa dame meurent d'envie d'aller voir leur petite... Embrassez-la pour nous ! »

Les Leblanc n'étaient pas revenus à Paris depuis le mariage d'Angèle et Gervais, et ils avaient bien du mal à reconnaître le quartier tant il avait changé. « C'est incroyable ! Ils sont en train de tout reconstruire !

– Je crois que ce sera beau, ces grandes avenues bien larges ; moi j'ai toujours peur dans les petites rues, même à Lille », déclara Amélie. Toute à la joie de revoir sa fille, elle marchait d'un pas vif.

« Tu te rends compte, quatre ans que nous ne l'avons pas vue... Ce doit être une jeune fille maintenant. »

Arsène était moins loquace. Paul, au moment du départ, lui avait glissé un paquet pour sa sœur. « Pourquoi tu lui offres un livre ? » avait demandé le père. Paul s'était trahi : « Ce n'est pas un livre, c'est une partition ! »

Le garçon avait rougi. Arsène n'avait rien dit, c'était mauvais signe.

Une fois arrivés à la blanchisserie de la rue Notre-Dame-de-Lorette, seul Gervais les attendait, bien content de les voir.

« Vous avez fait bon voyage ? La petite chérie va être folle de joie de retrouver sa maman... enfin, ses parents, et moi aussi je suis bien heureux ! »

Amélie le serra dans ses bras.

« Comment elle va, ma petite ?

– C'est un amour, vous avez de la chance ! Elle est gentille, et courageuse avec ça... Mais vous allez voir, ce n'est plus une gamine !

– Oh non, Gervais, ne me dis pas cela ! C'est si triste de ne pas l'avoir vue grandir.

– Mais où est-elle à cette heure ? » Arsène s'impatientait.

« Elles sont parties à la répétition ! C'est mardi ! » expliqua une apprentie d'Angèle.

Arsène ne comprit pas très bien, et Gervais manqua de courage : « Oui, elles répètent chaque semaine... Elles font... enfin, vous allez voir, je vous emmène. »

Il proposa d'aller boire une chope à une brasserie de la rue des Martyrs. Arsène n'aurait pas dit non, mais Amélie refusa catégoriquement : « J'ai trop envie de voir ma fille ! »

Pressé de questions, Gervais fut bien obligé de donner quelques détails : « Elles jouent dans une fanfare...

– Tu te fous de moi ! Ma toquée de fille a continué le piston malgré mon interdiction ? »

Arsène s'était posté en travers du chemin de Gervais.

« Vous êtes sûrs de ne pas vouloir vous asseoir dans un café, on sera mieux pour discuter ? »

Amélie refusa une fois de plus la proposition, et Arsène ne l'entendit même pas.

« Quand je pense que je comptais sur vous deux pour l'éduquer, je vous faisais confiance ! Et voilà que j'apprends que ça n'a servi à rien que je la sépare de sa mère et de son frère ! C'est insensé, tu m'as menti pendant toutes ces années, je te signale ! »

Gervais tenta alors de se justifier, un peu honteux tout de même : « Elle était tellement malheureuse ! On l'a entendue pleurer pendant des mois quand elle nous croyait endormis... Je te jure qu'elle travaille avec un très bon musicien, Alphonse Sax, c'est le frère du fabricant d'instruments chez qui elle... »

Amélie lui pinça le bras.

« Oh et puis flûte ! elle est avec sa tante, elle ne risque rien !

– Mais comment ça ? Angèle l'accompagne ? Ne me dis pas qu'elle s'est mise au piston ?

– Non, au tuba ! Et elle adore ça, si tu veux savoir.

– Ma sœur au tuba, mais quelle mouche l'a piquée ? »

Arsène était écarlate de colère quand ils entrèrent dans le local de répétition.

Dès qu'ils poussèrent la porte, les femmes s'arrêtèrent de jouer. Angèle posa son tuba pour courir embrasser son frère, mais Arsène se dégagea. Ses yeux lançaient des éclairs, il fulminait : « C'est ma petite qui t'a contaminée, mais qu'est-ce que j'ai fait au bon Dieu pour mériter ça ? »

Éléonore n'osait pas venir embrasser son père furibard quand soudain, elle aperçut sa mère et courut dans ses bras.

« Mon ange, mon bébé, ma chérie... Comme tu es jolie et grande, tu me dépasses ? »

Éléonore pleurait comme un enfant.

« Oh quel bonheur ! Papa, je suis bien contente de te...

– Oui, eh bien, moi j' veux d'abord qu'on m'explique ! »

Rita, son soubassophone autour de la taille, tenta de le calmer : « Tout doux, monsieur, vous êtes ici chez des artistes au travail. »

Et, se tournant vers la petite, elle demanda : « C'est qui, ce furieux ?

– C'est mon père !

– Dis donc, il est bel homme, tu me le présentes ? »

Mais Arsène n'était pas d'humeur à faire des politesses.

« Ma fille, tu sors d'ici tout de suite ! »

Amélie lui saisit le bras.

« Arsène, s'il te plaît, ne gâche pas tout ! Je suis si heureuse et tu sais bien comme elle m'a manqué...

– Amélie, toi aussi tu m'écoutes !

– Non, mon chéri, pas aujourd'hui », répondit-elle simplement.

Tant d'autorité surprit son mari. Quoi qu'il fasse, quoi qu'il dise, elle ne le suivrait pas.

« Elle a raison, Arsène, et toi tu as tort. Éléonore est douée pour la musique. »

Angèle s'était plantée devant son frère et elle lui tenait tête comme lorsqu'ils étaient enfants.

« Personne ne pourra empêcher Éléonore de jouer. Si tu voyais de quoi elle est capable quand elle veut vraiment quelque chose, tu serais fier d'elle, elle est aussi volontaire que toi ! »

Arsène était fou de rage, mais Gervais ne lui laissa pas le temps de réagir : « Beau-frère, écoute-moi bien, si Angèle et moi on avait eu le bonheur d'avoir une enfant comme elle, je te jure qu'on remercierait le ciel tous les jours.

– Permettez-moi d'ajouter – monsieur Alphonse s'était avancé à son tour – que c'est une ouvrière hors pair ; mon frère se félicite de l'avoir engagée dans sa fabrique d'instruments. »

Pour Arsène, ce fut le coup de grâce. Il tenta de desserrer son col de chemise et, dans un souffle, il bredouilla : « Elle ne travaille pas à la blanchisserie ? Elle n'est plus avec vous ? »

Angèle et Gervais firent non de la tête. Amélie répondit courageusement : « Non, Arsène, elle travaille à l'atelier, chez monsieur Adolphe Sax. Elle fabrique de beaux instruments de fanfare pour l'empereur, et tu devrais être fier d'elle. Elle a un vrai métier, c'est ce que tu voulais, non ? »

Arsène comprit soudain qu'il était seul contre tous ; il partit sans un mot, ni même un regard pour sa fille. Amélie essaya de consoler Éléonore : « T'inquiète pas, on ira écouter les Crickmouils concourir demain à l'Expo ! Ton père est comme ça, mais la nuit porte conseil. »

Et comme Joseph, fidèle au poste, était venu chercher son amie, Rita et les autres s'en allant de leur côté, Éléonore le présenta à sa mère : « Joseph est cleftier, on travaille ensemble. C'est lui qui me raccompagne tous les soirs.

– Bonsoir, jeune homme, je suis contente de savoir que vous veillez sur ma fille. »

Joseph serra la main qu'Amélie lui tendait et regarda la mère de son amie dans les yeux.

« Je prends soin d'elle, madame. Avec moi, elle ne craint rien. »

Amélie le trouva bien élevé. Mais, sur le chemin qui menait à la blanchisserie, elle fit mille recommandations à sa fille, sur la vie, l'amour et les garçons. Elles parlèrent jusqu'au milieu de la nuit, avant de finir par s'endormir dans les bras l'une de l'autre.

Le lendemain, la mère et la fille se rendirent au palais Omnibus, sur le Champ-de-Mars, un vaste parallélogramme doté de treize portes où les musiques militaire, classique et exotique étaient à l'honneur.

Pour accéder aux vitrines d'instruments du pavillon français il leur fallut entrer sur la droite du palais, et s'engouffrer dans l'une des galeries, haute de plus de dix mètres. La vitrine d'Adolphe Sax était la plus impressionnante. Toutes les dernières productions maison étaient là, harmonieusement agencées, les instruments formant comme un paon de cuivre géant.

« Maman, moi, je suis essayeuse d'anches, je m'occupe de tailler une petite pièce qu'on ne voit pas mais qui change tout le son. »

Amélie était émerveillée et fière que sa fille possède un vrai métier.

À côté de la vitrine se tenait un gigantesque saxhorn bourdon : juché sur un tabouret pour accéder aux pistons, un employé proposait, à heures fixes, une démonstration au public. Éléonore et sa mère avançaient dans l'immense allée du pavillon quand elles retrouvèrent Joseph.

« Bonjour, Joseph, ma fille m'a beaucoup parlé de vous

cette nuit, dit Amélie en lui tendant la main. Vous venez d'où ?

– Saint-Pierre-la-Cour ! C'est un petit village de Mayenne.

– Vos parents sont ouvriers ?

– Non, fermiers.

– Comme les miens. »

Joseph portait le chapeau de feutre en poil de lapin qu'il venait de s'acheter et Éléonore étrennait des chaussures cousues main, cadeau de son amoureux : Amélie les trouva bien assortis. Avant de se rendre au concours des orphéons, ils décidèrent de s'égarer un moment dans la galerie des machines, où la foule se pressait autour des locomotives géantes, des canons gigantesques et des plus grandes grues du monde. Joseph se risqua même à essayer l'ascenseur hydraulique, une sorte de cabine en carton qui montait et descendait le long d'un filin d'acier. Éléonore et Amélie, mortes de peur, l'attendaient en bas.

« Alors, c'est comment ?

– Épatant ! Avec ça, plus besoin de monter l'escalier. »

En s'approchant du stand de l'inventeur de la machine à glaçons, Éléonore et Joseph s'amusèrent à écouter les premiers commentaires : « À quoi ça peut bien servir, ces cubes pour refroidir ? L'eau de la rivière est bien assez fraîche pour garder les boissons à la bonne température ! »

Ils traversèrent un autre pavillon, qui sentait bon les

plats et les épices venus des quatre coins du monde et qu'on pouvait goûter, pour la première fois, dans les restaurants de l'Exposition. Mais Amélie et les deux jeunes gens ne s'y arrêtèrent pas, pressés qu'ils étaient de rejoindre Angèle et Gervais dans le grand hall d'entrée.

On avait dressé là une longue table de banquet, avec nappe blanche et fleurs, pour accueillir et nourrir plus de cent cinquante fanfares. Arsène siégeait en bonne place parmi les Crickmouils. Le concours avait déjà commencé mais, quand l'orphéon de Lille se mit à jouer, toute la foule eut comme un frisson. Amélie tenait la main de sa fille serrée dans la sienne.

« C'est beau, hein ? Ils sont champions, ils vont gagner !

– Attention aux fausses notes ! dit en souriant Éléonore.

– Tu t'évanouis encore ? lui chuchota sa mère.

– Oui, mais moins souvent. »

Au moment du salut, Amélie crut croiser le regard de son mari, elle lui adressa un signe de la tête, auquel il ne répondit pas. Après une courte délibération, les Crickmouils furent déclarés vainqueurs haut la main, et, longtemps, la foule, enthousiaste, les acclama. Éléonore et Amélie applaudissaient à tout rompre, Joseph, Angèle et Gervais aussi.

« Tu vois que Paris nous réussit ! À nous la victoire ! lança Émile à Arsène. Alors, elle est où, ta fille ? J'aimerais bien la voir, elle a dû changer. Je ne vais pas la reconnaître !? »

Arsène grommela une réponse qui ressemblait à « Je ne sais pas ». Émile s'inquiéta : « Tu l'as vue au moins ?

– Oui, mais je ne lui ai pas parlé, elle joue du cornet dans une fanfare de femmes et elle a débauché ma sœur Angèle, qui s'est mise au tuba ! Quelle honte !

– Comment ça, "quelle honte" ? Pourquoi les femmes n'auraient-elles pas le droit de faire de la musique ? As-tu une bonne raison à me donner ? Arsène, tu es borné, je te le dis comme je le pense ! Tu te prives du bonheur de jouer avec ta fille et ta sœur. Tu veux que je te dise, Arsène ? Tu n'es qu'un grand couillon ! »

Arsène ne répondit pas, il posa son cornet avec les autres instruments et disparut dans la foule ; Émile ne fit rien pour le retenir.

« Plus têtu qu'un régiment d'ânes... laissons-le ruminer ! Allez, les gars, on va fêter notre victoire, tant pis pour lui ! »

Les Crickmouils écumèrent quelques buvettes avant d'atteindre leur hôtel de l'avenue Rapp. Il était minuit passé, et toujours pas d'Arsène à l'horizon. Car, malgré cette belle consécration, le musicien avait marché, réfléchi, réfléchi et marché encore : il restait bien fâché contre sa sœur et sa fille, ses pensées s'entrechoquaient.

« Je ne leur parlerai plus », expliquait-il à chaque patron de bistrot – et ce soir-là il se confia à une dizaine d'entre eux : « Ah ! qu'elles ne s'avisent pas de remettre les pieds à Lille, à moins de venir s'excuser... »

La vue du jeune Joseph tenant la main de sa fille n'avait rien arrangé à l'affaire. « Et ce jeune blanc-bec, qu'est-ce qu'il croit, que je vais lui donner ma petite ? »

Arsène prenait à partie les passants dans la rue, interpellait des inconnus, mais n'obtenait pas de réponse.

« Et Amélie ? Pourquoi elle aussi m'a... trahi ? »

Les mots se faisaient plus rares, les phrases perdaient leur fin, Arsène articulait de moins en moins à chaque nouveau verre commandé.

Pour oublier sa colère, il avait tout goûté : la douceur du guignolet, les bulles du cidre, la brûlure de l'absinthe. Au Père Tranquille, aux Halles, il fut abordé par deux solides gaillards.

« Ça va pas fort, l'ami ? Je crois qu'on va vous ramener, donnez-nous votre adresse tant qu'il est encore temps !

– J'ai pas de fa... mille... pas... d'amis. »

Arsène commença par râler, mais un peu à court d'arguments, il finit par se laisser guider. N'écoutant que sa colère, il avait traversé tout Paris. Sur le chemin du retour – et la route fut longue –, il se confia sans retenue aux deux anges gardiens chargés par le patron du bistrot de le ramener chez lui.

Bien sûr qu'il aimait sa fille ! Bien sûr qu'il était fier d'elle ! Bien sûr qu'elle lui manquait ! Mais le rôle d'un père était d'élever sa famille en bon citoyen et en bon catholique.

« C'est mon... devoir ! mon devoir de... Rien ni personne... »

Ses deux sauveurs le déposèrent sans mot dire devant l'hôtel de l'avenue Rapp, où une femme attendait, assise devant le porche.

« Laissez, c'est mon mari... J'ai l'habitude... Merci bien, messieurs.

– Votre mari, il est bien éméché, mais il a dit qu'il vous aimait.

– Oh oui ! ça, je sais, je sais bien qu'il m'aime... mais il a sa manière. »

C'est là, sur les marches du perron de l'hôtel, que la fanfare au complet trouva, le lendemain matin, Arsène et Amélie Leblanc endormis, enlacés.

*

Éléonore avait longuement dit au revoir à sa mère, Amélie avait demandé à Joseph de prendre bien soin de sa fille.

Les deux amoureux traversèrent Paris main dans la main. Elle était triste de l'attitude de son père, et Joseph ne savait comment la consoler. Pour la distraire, il lui parla de sa mère qui chantait à l'église, de son père qui lui non plus ne savait pas dire « Je t'aime ». Et puis, au clair de lune, il lui demanda si elle voudrait l'épouser... un jour.

« Ne parlons pas de ça ce soir, il y a trop de chagrin dans l'air. »

Joseph embrassa ses joues humides.

« Tu as raison, mon petit rossignol, pas ce soir, on a droit à du vrai bonheur. »

Longtemps ils regardèrent les étoiles, blottis l'un contre l'autre sur un banc le long de la Seine, dans les jardins du Vert-Galant. Il sentit qu'elle s'était endormie, et n'osa pas la réveiller. Elle ne regagna sa chambrette de la rue Notre-Dame-de-Lorette qu'aux premières lueurs de l'aube, pour récupérer son cornet à pistons et se reposer un peu avant cette nouvelle grande journée. La fanfare d'Alphonse avait prévu de jouer dans un kiosque à musique du Champ-de-Mars.

Encore tout ébouriffée de sa première nuit dehors, elle arriva un peu en retard, avec l'omnibus à chevaux, au rendez-vous des Tourterelles.

Hélas, ce fut pour découvrir qu'il était une nouvelle fois interdit aux femmes de jouer.

Rita hurlait, prête à assommer la maréchaussée à coups de soubassophone : « Ça vous défrise tant que ça de nous écouter, avec vos yeux de taupe et vos oreilles de merlan frit ! On dirait que nous ne sommes que de pauvres créatures sans souffle ni talent ! Et pourquoi donc laisser notre place aux militaires ?... Manquerait plus que ça ! »

Un sergent vint lui demander de se calmer.

« Mais non, je ne vais pas me taire ! On vous fait naître, on vous nourrit, on vous fait l'amour, le ménage, la cuisine : pensez pas qu'il est temps qu'on s'amuse un peu ? Pendant les guerres, ça ne vous gêne pas qu'on prenne la place des hommes, qu'on fabrique des fusils, qu'on vendange la vigne et qu'on cultive la terre ! Mais là, jouer de la musique, ça, c'est... »

Le sergent ne lui laissa pas le temps de finir sa phrase : il s'empara de son soubassophone et le confisqua.

« Ah non, pas mon instrument, vous n'avez pas le droit ! »

Angèle soupira : « On nous en veut... »

Joseph tenta de tempérer Rita : « C'est la loi, ils n'y peuvent rien. Les femmes ne sont pas comme les hommes, c'est normal...

– Alors ça, Joseph, pas toi ! »

Éléonore était furieuse : « Tu ne vas pas nous bassiner en nous racontant qu'on n'est pas pareils et qu'on n'a pas les mêmes droits ?

– Mais non, pardonne-moi, c'est pas ce que je voulais dire, se défendit Joseph. J'aime pas le scandale, c'est tout. »

Il tendit la main à Éléonore, qui hésita un moment avant d'accepter de faire la paix. Gervais, venu en renfort, tenta de calmer les Tourterelles, mais rien n'y fit, elles étaient déchaînées.

La police les délogea de force, et sans aucun égard non plus pour Alphonse, qui fut prié de déblayer le terrain avec son harem.

De son côté, Adolphe Sax s'était vu largement récompensé pour la qualité de ses instruments. Grand Prix de la facture instrumentale, il fut invité par l'empereur à un somptueux dîner au palais de l'Élysée en compagnie d'Alexandre II, tsar de Russie, et de Benjamin Disraeli, Premier ministre britannique. Au cours du repas, entre deux verres d'un délicieux bordeaux et quelques échanges de vues sur la puissance de l'armée prussienne et les menaces de guerre, le ministre britannique confia à Adolphe Sax : « Cher monsieur, ce siècle sera celui des ouvriers, comme disait mon prédécesseur ! »

Le tsar leva son verre à la France des inventeurs et des musiciens, puis, s'inclinant vers l'impératrice française Eugénie, il poussa un peu plus loin le compliment : « À la France de l'élégance et du bon goût ! »

DEUXIÈME PARTIE

Le Premier ministre britannique avait vu juste : en France, des syndicats apparurent dans les entreprises, et en 1868, Éléonore participa aux premières assemblées chez monsieur Sax. Les ouvriers demandaient le repos du dimanche, même pendant les semaines de grosses commandes. Joseph trouvait qu'ils exagéraient, persuadé qu'à trop revendiquer ils risquaient de tout perdre dans cette bataille.

Pourtant, une autre guerre se préparait : les désirs de conquêtes des Prussiens et de leur président du Conseil, le prince Otto von Bismarck, menaçaient la France. Pourtant, c'est Napoléon III qui déclara la guerre à la Prusse, au mois de juillet 1870. Les journaux espéraient que le conflit serait de courte durée – il s'enlisa dès les premières semaines. L'armée française subit de tels revers qu'il fallut mobiliser les troupes en urgence : en septembre, l'ennemi arriva aux portes de Paris et, avec cette déroute, Napoléon III dut abdiquer. Des soldats français en guenilles entrèrent dans les rues de Paris, ils avaient marché des jours et des nuits, ils étaient affamés.

Les Tourterelles transformèrent leur local en poste de soins. Parmi les fanfaristes, deux camps s'étaient formés : les unes, Rita et Éléonore en tête, souhaitaient que l'empire soit remplacé par une république et craignaient que les royalistes ne prennent le pouvoir. Les autres, plus fatalistes, pensaient que Napoléon III et ses généraux finiraient par triompher. Cécile Vieuxtemps refusa d'aller marcher vers la Concorde avec le peuple de Montmartre ; Joseph, plus indécis, s'y rendit le soir du 3 septembre, mais revint en jurant qu'il ne suivrait plus aveuglément ceux qu'il appelait des « révolutionnaires ».

Le lendemain, le 4 septembre 1870, la IIIe République fut proclamée et un gouvernement de la Défense nationale fut constitué.

Pendant ce temps, Clemenceau devenait le maire du XVIIIe arrondissement et organisait la survie des réfugiés ; il fit appel aux bonnes volontés. Gervais fut un des premiers à s'engager dans la garde nationale de Montmartre, qui continuait à se battre contre l'invasion prussienne. Il fut incorporé au 64e bataillon, on lui apprit à tirer.

Les Prussiens avancèrent jusqu'au Bourget, bloquèrent le ravitaillement de Paris.

À Montmartre, un vent de solidarité soufflait, unissant les ouvriers et les artisans, qui voulaient construire une république sociale plus humaine.

Pourtant, le gouvernement français, mené par Adolphe Thiers et soutenu par les grands bourgeois, avait hâte de mettre fin au conflit avec la Prusse et de rétablir l'ordre, même s'il devait sacrifier le petit peuple de Paris. L'armistice était en marche, mais Montmartre résistait toujours...

CHAPITRE 9

Éléonore voit rouge

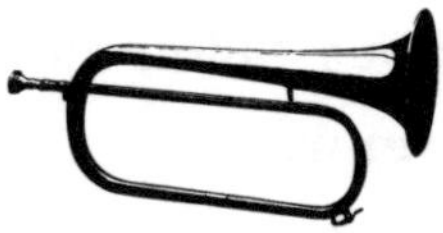

« Qui pousse une chanson pour se dérouiller la voix et les poumons ?

– Arrêtez, il n'y a plus de quoi rire ni chanter ! Les Prussiens sont aux portes de Paris. Le pays est en danger, il ne faut pas capituler. »

Rita avait les cheveux en bataille quand elle arriva au local.

Les Tourterelles partirent en direction des abattoirs. Un silence terrible régnait sur les bâtiments. On ne trouvait plus une bête à tuer. Elles débouchèrent sur la place Blanche, où une barricade avait été dressée, tenue essentiellement par des femmes.

« Voilà Louise Michel. Tu sais, elle est à l'école de la rue Houdon, elle a organisé une cantine pour ses élèves et tous les enfants qui ont faim. Je l'ai rencontrée hier soir, au club de la Patrie en danger. »

Éléonore serra la main de l'institutrice tandis que Rita lui expliquait : « Éléonore, c'est celle dont je t'ai parlé pour nos rondes du soir... Elle a pas l'air, mais c'est une solide.

– Ah, très bien, citoyenne. Rita m'a dit que tu avais quitté le Nord parce que ton père refusait de te laisser jouer de la musique. Bravo ! Ici, on défend l'honneur de la République, il va nous falloir des bras, et les bras de femmes sont les bienvenus. »

On entendit au loin des coups de canon, et Éléonore s'inquiéta : « Les Prussiens progressent, et même nos ambulancières sont débordées. Les filles, si vous voulez bien faire la quête dans le quartier, on n'a pas d'argent pour nourrir les volontaires. » Louise Michel prit la direction des opérations : avec sa calme autorité et son sourire confiant, elle rassura tout de suite Éléonore.

Les Tourterelles participèrent activement à la survie du quartier asphyxié par le siège des Prussiens. Elles collectèrent auprès de commerçants solidaires tout ce qui pouvait servir la cause. Elles organisèrent la rotation des voitures à bras pour aller chercher des sacs de farine aux moulins de Paris et ramasser les dernières pommes de terre des potagers de Montmartre. Pour la viande, les prix étaient trop élevés et le choix répugnant : huit francs les cinq cents grammes de chien, vingt francs pour un chat adulte et trois francs pour un grassouillet surmulot, que le boucher garantissait « rat-*goût de mouton* ». Dégoûtée, Éléonore préférait se réserver pour les œufs des poules que sa tante Angèle élevait maintenant dans son arrière-cour, ou les grives, les moineaux, les pigeons que Gervais et Joseph chassaient à la fronde, dès qu'ils le pouvaient.

À l'atelier Sax, Adolphe, qui nourrissait ses ouvriers le midi, s'était résigné à leur faire servir une infâme bouillie de maïs. Aux premiers jours de l'hiver, il avait sacrifié les pensionnaires de son poulailler, puis ses perruches. Sa préférée, Succès, eut l'élégance de mourir de vieillesse. Il la retrouva toute froide un matin dans sa cage. Il la donna à sa cuisinière et s'enferma le reste du jour pour pleurer et maudire cette guerre féroce et absurde.

Un matin de janvier 1871, des gardes nationaux surprirent Éléonore en train de vérifier un dernier saxophone.

« Citoyenne, la guerre a besoin de ton aide !

– Dites, vous pourriez frapper avant d'entrer, et saluer tous les gars de l'atelier ! Figurez-vous qu'on ne vous a pas attendus pour aider ! Tous les soirs, avec mes camarades, on fait journée double, on donne un coup de main au Moulin de la Galette ou à l'Élysée-Montmartre. Vous voulez quoi ?

– Tous ces instruments, faut nous les donner : on manque de cuivre pour les munitions ! »

Celui qui paraissait être le chef portait un foulard rouge sur sa veste de toile noire. Il parla plus doucement lorsqu'il comprit que la jeune fille était des leurs.

Éléonore s'était figée ; la liberté de Paris valait tous les sacrifices, et il était bien normal de donner de son temps pour sauver la patrie. Elle comprenait qu'on demande aux épiciers de puiser dans leurs réserves pour nourrir les apprentis combattants ; mais fondre des instruments pour fabriquer des armes, elle ne pouvait pas le supporter. Elle chercha à gagner du temps : « Monsieur Sax, l'inventeur de tout ce que vous voyez ici, n'est pas avec nous aujourd'hui. Je suis sûre qu'il a des réserves de métaux et qu'il vous les vendra volontiers... Ce sera plus simple à transporter que tout ce matériel qu'on a eu tant de mal à fabriquer. »

Son sourire fit le reste : après un rapide conciliabule, les nouvelles recrues de la garde firent demi-tour.

Éléonore reprenait à peine ses esprits quand Joseph entra en hurlant : « Il y a des sauvages au premier, ils sont entrés par les grandes baies de l'atelier et ils jettent tout ce qu'ils trouvent par la fenêtre, les salopards !

– Tu ne peux pas dire ça, répliqua Éléonore, c'est pour faire des munitions, on en aura besoin pour survivre ! »

Elle grimpa quatre à quatre le petit escalier ; Joseph la suivait de près. Quand Éléonore tomba nez à nez avec les pillards, elle aussi se mit à crier : « Mais je vous avais dit... L'un de vous m'avait promis... »

Elle chercha des yeux le jeune homme conciliant qui l'avait au moins écoutée : disparu ! Un gaillard fit quelques pas vers elle.

« Qu'est-ce qu'elle a, la petite jeune fille ? Elle aime pas son pays, elle préfère le laisser aux Prussiens ? »

Sans attendre, Joseph lui expédia un coup de poing en guise de réponse. L'homme vacilla, mais pas son voisin, qui empoigna l'amoureux en colère par le col de sa blouse. Il s'apprêtait à l'expédier sur une des grandes tables de l'atelier quand un des révoltés l'arrêta dans son élan : « Je croyais qu'on savait se tenir ! On se prépare à la guerre, pas à des rixes de comptoir ! »

Le garçon aida Joseph à se remettre d'aplomb, lui demandant d'excuser l'incorrection de ses camarades.

« Ils n'ont rien à manger mais, hélas, il reste à boire ! Pardonne-leur, ce sont des zoniers que nous venons juste de récupérer. »

« Zoniers », c'est ainsi qu'on appelait les chiffonniers qui vivaient par-delà les fortifications, dans des taudis ; plus les combats se rapprochaient, plus ils migraient vers le centre. Beaucoup dormaient maintenant dans les rues de Montmartre, avec un bout de carton pour matelas, dans une vague pelisse pour tout abri.

Joseph n'était pas vraiment calmé.

« Vous agissez comme des voyous, vous prenez le peu qui reste à ceux qui n'ont rien ! Sans cuivre, on n'a plus de travail, mais vous vous en foutez de savoir comment on va manger ?

– Ne crois pas ça, viens me trouver, je vous aiderai. Je

suis au poste de commandement, juste derrière les abattoirs : demande Camille Deribières. »

Il tendit la main à Éléonore pour la saluer.

« Pardon, mademoiselle, ce sont des mal élevés ! »

Elle lui serra la main machinalement, sentant au passage des effluves d'eau de Cologne sur sa chemise. Ce garçon-là ne venait pas de la campagne.

Le soir, lorsque monsieur Sax revint dans l'atelier, ils n'étaient plus que deux ou trois ouvriers, en train de balayer. Adolphe venait d'accompagner ses enfants dans un village près du Mans, afin de les mettre à l'abri des combats. Il avait marché jour et nuit et n'était rentré que pour son usine et ses ouvriers. Quand on lui expliqua que tous les instruments avaient été réquisitionnés, jetés en tas dans des charrettes qui attendaient juste en dessous des fenêtres, il s'assit sur une marche de l'escalier et se mit à pleurer. Joseph resta près de lui, tentant de le consoler : « Monsieur, vous en faites pas, tant qu'on est là on vous aidera. »

*

Le 22 janvier, Éléonore, Rita et Louise Michel marchèrent avec la foule sur la place de Grève pour protester contre la hausse du prix du pain. Elles se trouvaient même derrière les gardes nationaux de Montmartre, qui se déployaient devant l'Hôtel de Ville, quand, sans la moindre sommation, des gardes mobiles, postés à chaque fenêtre, se mirent à tirer sur la foule. Autour d'elles, plusieurs personnes s'effondrèrent. Éléonore se précipita pour tenter de les aider.

« Couche-toi, à plat ventre ! »

D'une main ferme, Louise Michel la fit s'allonger derrière une charrette.

« Reste planquée là, ne bouge pas ! »

Armée d'un pistolet, la meneuse tenta de riposter. Des hommes s'emparèrent d'un omnibus. Au moment où ils tentaient de le renverser sur la chaussée pour le dresser en barricade, Rita hurla de douleur : une balle venait de l'atteindre.

Éléonore l'entendit gémir et bondit vers elle, mais un homme la plaqua sur le sol.

« Bouge pas ou t'es morte ! »

Éléonore reconnut le parfum de l'homme qui était venu chercher du métal chez monsieur Sax.

« C'est vous Camille ? Laissez-moi y aller, Rita est touchée !

– Là-bas ? Je sais, j'ai vu, j'y vais. Mais toi, tiens-toi tranquille, promis ?

– Promis ! »

Éléonore resta longtemps cachée ainsi : elle s'inquiétait pour Rita, que Camille avait réussi à atteindre. Elle sursautait à chaque nouveau coup de feu, s'en voulant de ne pouvoir secourir ces blessés qu'elle entendait appeler au secours. Elle songeait à Joseph, qui avait refusé de les accompagner, préférant rester au local des Tourterelles sous prétexte d'aider Cécile Vieuxtemps... Mais l'aider à quoi faire ? Elle était tétanisée quand Louise Michel vint la chercher.

« Viens, y a une accalmie, on se taille. »

Elles marchèrent en silence un long moment, puis, une fois hors de danger, Éléonore demanda des nouvelles de Rita.

« Je ne sais pas. Camille m'a demandé de passer au quartier général pour faire le point, tu as encore assez de force pour me suivre ?

– Camille ?... Tu parles de Camille Deribières ? murmura Éléonore.

– Lui-même !

– Je viens. Ça ira. »

Camille les félicita chaleureusement : « Vous avez été sacrément courageuses, mesdemoiselles.

– Je n'ai pas bougé, même pas aidé... Louise au moins, elle s'est battue ; moi, j'étais là et vous m'avez interdit...

– Tout doux, ma belle, Louise a appris à manier les armes, pas toi !

– Mais je ne demande qu'à apprendre... Et Rita, mon amie Rita, vous avez des nouvelles ?

– Elle a été touchée au bras et transportée à l'hôpital. Tu es bien pâle, tu veux un petit remontant ? »

Éléonore but d'une traite le petit verre de liqueur qu'il lui tendait. Elle eut soudain très chaud et sa peur s'estompa.

Dès le lendemain, elle fit la tournée des hôpitaux à la recherche de Rita. Elle la retrouva à l'Élysée-Montmartre : la salle de spectacle avait été reconvertie en dispensaire, et des brancards de fortune s'y entassaient. Éléonore reconnut son amie et se jeta dans ses bras.

« Attention, tu me fais mal, gémit Rita. Ils ont failli m'arracher l'épaule. »

Elle esquissa un sourire, ne parvint qu'à faire une pauvre grimace.

« On l'a échappé belle, toi surtout ! La presse dit qu'il y a eu cinquante morts devant l'Hôtel de Ville. »

Éléonore tendit un exemplaire du *Cri du peuple*, qui titrait sur le massacre des innocents. Puis elle laissa Rita reprendre des forces.

Sur les murs de Montmartre, des affiches dénonçaient l'inconscience des insurgés et annonçaient la signature toute proche de l'armistice.

Devant la porte de l'atelier, Éléonore essaya d'arracher toute cette propagande : « C'est une honte, pour la République et pour le pays !

Joseph tenta de l'en empêcher : « Mais non, laisse ça, c'est le seul moyen d'arrêter la guerre ! »

Entre eux, le climat tournait à la querelle. Éléonore le trouvait timoré, hésitant, quand elle n'était qu'ardeur et révolte. Elle partageait de moins en moins son point de vue ; quand il parlait des « rouges » qui voulaient mener Paris à la révolte, elle ne voyait que des ouvriers qui se regroupaient pour sauver leur vie. Elle avait tendance à répéter mot pour mot ce que Louise Michel, Rita et les autres expliquaient tous les soirs lors de débats improvisés : « Il faut se rassembler, les usines appartiennent autant aux ouvriers qu'aux patrons ! »

Joseph, même pour lui faire plaisir, n'était plus de son avis : « Mais ma pauvre, sans les inventions de monsieur Sax, il n'y aurait rien à produire, et donc pas de travail. »

En mars, la situation ne fit qu'empirer. L'Assemblée venait de supprimer le moratoire sur les loyers, ce qui obligeait tous les Parisiens à payer à l'avance le trimestre suivant. Angèle se lamenta : « Et où veulent-ils que je les trouve, moi, leurs trois mois de loyer ? Gervais, on est ruinés ! »

Comme des centaines de commerçants à Paris, elle ferma sa blanchisserie le 1er mars en signe de protestation. L'armée prussienne défilait sur les Champs-Élysées. Monsieur Thiers et ses ministres avaient quitté la capitale.

Gervais restait optimiste : « Le gouvernement a filé à Versailles, mais le peuple de Paris saura se défendre ! »

Avec Angèle, ils avaient entassé des sacs de sable devant les boutiques de la rue Saint-Georges. Puis des pavés, des poutres, des charrettes renversées composèrent les premières barricades, à hauteur de la place Clichy.

Rita portait encore son bras en écharpe, mais elle avait repris sa place aux avant-postes, à l'angle de la rue Lepic et de la rue Tholozé. Les filles de la fanfare étaient aux premières loges.

Le 1er mars toujours, tous les habitants de Montmartre, ou presque, défilèrent à la Bastille aux cris de « Vive la République ! ». Le face-à-face entre les insurgés et l'armée fut une nouvelle fois sanglant. Éléonore et Louise rejoignirent tard dans la soirée le Moulin de la Galette, transformé en poste militaire, elles venaient prendre les ordres pour le lendemain. Le beau Camille, qui sentait si bon, était devenu le chef des fédérés de Montmartre.

« On nous dit que Thiers va envoyer l'armée pour tenter de récupérer les canons que nous lui avons volés. »

Louise réfléchit à une stratégie. « Parquons-les en haut de la Butte. L'armée aura bien du mal à monter jusque-là ! »

Éléonore avait les traits tirés, mais du courage à revendre : « Ils vont peut-être intervenir de nuit, nos défenses sont trop faibles… »

Camille l'interrompit : « Je sais, c'est aussi ce qui m'inquiète – mais pour le moment, tu as besoin de repos. Va te coucher, je reviendrai te chercher plus tard. Je sais que tu es une fille courageuse ; une vaillante, comme notre chère Louise Michel ! »

Camille était particulièrement prévenant avec Éléonore, qui lui avait plu dès le premier instant. Il n'avait que cinq ans de plus qu'elle, mais tout, dans son attitude, laissait croire qu'il était beaucoup plus vieux. Avant la Commune, il avait été instituteur, et conseillait chaque jour un nouveau livre à sa protégée.

Un soir, Joseph, qu'on voyait de plus en plus souvent aux côtés de Cécile, vint chercher Éléonore. Il la trouva en grande discussion avec Louise Michel sur la barricade de la place Blanche, et il la prit à part : « Ce n'est pas la place d'une fille honnête ! Ce sont des enragés, des exaltés, regarde-les ! Et ta Louise Michel, tu l'as vue, on dirait un homme ! Ça, c'est sûr qu'on ne devait pas l'inviter souvent, au bal de la Reine-Blanche ! »

Éléonore eut honte et le chassa violemment : « Je t'interdis de parler de Louise comme ça, tu ne comprends rien à rien. La liberté, il faut se battre pour la gagner. Les usines, c'est nous qui les faisons tourner. C'est le moment de s'unir, le moment de partager !

– Et moi, avec qui je partage ? Qu'est-ce que je fais pendant que ma fiancée est sur les barricades ? J'attends le déluge ! Éléonore, tu gâches tout, tu veux tout gâcher, c'est ça ? »

Joseph partit sans se retourner. En marchant, il ne cessait de répéter : « Et moi, maintenant, qu'est-ce que je fais ? »

Éléonore, le visage trempé de larmes, se jeta dans les bras de Rita.

« Il est parti... Je ne sais plus qui je suis. J'aimais bien mieux notre vie d'avant. Tu sais, je ne suis pas si courageuse ! En vérité, j'ai peur... »

Camille se rapprocha d'elles en disant : « On a tous peur ! Mais ensemble on se sent plus forts. »

Il tendit son mouchoir à Éléonore en la regardant tendrement.

« Si c'est un chagrin d'amour, je crois que je connais le remède. Venez, les filles ! Faites-vous relever pour votre tour de garde ! »

Rita ne se fit pas trop prier : elle aussi avait le moral en berne et, depuis sa blessure, elle se sentait moins vaillante. Les deux Tourterelles suivirent Camille jusqu'au Moulin de la Galette. Une fois passées les premières salles, qui regorgeaient d'armes et de munitions, un rideau cachait l'entrée de l'ancienne tonnelle qui abritait encore, quelques mois auparavant, jeux de boules et de quilles, stands de tir et autres attractions ; de rares banquettes étaient installées là, dans un monde de poussière et de toiles d'araignées. Rita fit un peu de ménage. Camille trouva des verres derrière le comptoir et une bouteille de limonade qui avait survécu à tous les pillages.

« Mesdemoiselles, trinquons au temps qui fuit, aux amours qui s'envolent et aux lendemains imprévisibles ! »

Éléonore se laissa bercer par sa voix chaude, ses phrases aux nobles accents : elle avait envie d'oublier.

« Cela fait des siècles que je ne me suis pas reposée. »

Rita aussi soupirait : « Comme j'aime cet endroit ! J'ai l'impression d'entendre encore l'orchestre jouer sous la tonnelle... »

Elle se mit à fredonner une vieille valse, qu'Éléonore reprit en contre-chant.

« Quelles jolies voix, belles demoiselles ! » dit Camille en se levant. Il tendit un bras à chaque chanteuse.

« Nous sommes de la fanfare des Tourterelles, nous avons triomphé à Chaillot, Orbec, Alençon... »

Et, au fur et à mesure qu'ils tournaient dans cette valse fredonnée à trois, Éléonore et Rita égrenaient les noms de toutes les villes qu'elles connaissaient.

Ils rirent, trinquèrent, dansèrent jusqu'à tard dans la nuit. Rita trouva un prétexte pour laisser Camille reconduire Éléonore chez sa tante : elle savait bien que les romances vieilles comme le monde peuvent débuter même les soirs de révolution. Ce soir-là, avec la bénédiction de sa Rita, Éléonore accepta le baiser du combattant.

Au matin du 17 mars 1871, les habitants de Montmartre se regroupèrent par milliers pour empêcher l'armée de s'emparer des canons qu'ils avaient amassés pour défendre leur commune. Le peuple était armé jusqu'aux dents ; dans toutes les arrière-boutiques dormaient des tas de munitions. Quand les premiers soldats se présentèrent à l'entrée de la place Blanche, un frisson agita la foule.

Un des soldats aperçut de loin la chevelure rouge de Rita.

« Eh ! toi, la rouquine, tu m'acceptes si je viens sur ta barricade ?

– Bien sûr, les amis ! » Rita se tourna vers Louise Michel : « Regarde, les conscrits sont avec nous ! »

Alors, un, deux, trois puis des dizaines de soldats en uniforme vinrent grossir les rangs des insurgés.

La journée fut plus paisible que prévu, car sur la place Blanche comme à Ménilmontant, rue de la Roquette et jusqu'à la barrière d'Enfer, les mêmes scènes recommençaient : la troupe avançait, et au moment de charger les insurgés pour les déloger, des dizaines de soldats changeaient de camp et rejoignaient les barricades. Après une journée de doutes, Éléonore, Louise Michel et Rita furent embarquées dans le flot qui prit d'assaut l'Hôtel de Ville. Et c'est sous les lambris de la République qu'Éléonore Leblanc passa la nuit, blottie dans les bras de Camille Deribières. Au matin, l'armée les délogeait sans ménagement.

Sur les murs de Montmartre, Thiers avait fait afficher un avis à la population. Éléonore commença à le lire à haute voix : « “Habitants de Paris, depuis quelque temps des hommes malintentionnés, sous prétexte de résister aux Prussiens, se sont constitués les maîtres d'une partie de la ville”... Tu vois, Louise, monsieur Thiers a peur de nous. »

L'institutrice se montra plus prudente : « Ne crions pas victoire. On enregistre pas mal de défections, toute la France a peur de nous... Et quand Thiers leur dit qu'on veut la révolution, ils ne demandent qu'à le croire. »

Elle écrivit ce jour-là une longue lettre de protestation, signée des citoyennes de Montmartre, prêtes à défendre leurs canons jusqu'à la mort.

La nuit du 18 mars, un général envahit la Butte, avec ses six mille hommes. La barricade de la place Blanche céda aux premiers tirs. Les trois révolutionaires étaient parties, à Clignancourt, chercher de nouveaux volontaires. Un détachement investit le Moulin de la Galette, d'où Camille n'eut que le temps de fuir. Un autre atteignit le plateau où les canons étaient stockés.

Les Tourterelles remontèrent en courant dès qu'elles entendirent le tocsin, tandis que la foule atteignait la place Saint-Pierre. Aux cris de « Vive la République ! », beaucoup fraternisèrent avec les soldats. Louise courut à la mairie pour prévenir Clemenceau.

« Il faut un chef, les généraux finiront par se rendre, eux aussi, et nous devons garantir leur sécurité. »

Deux heures plus tard, ni Éléonore ni Rita ne purent

empêcher les fédérés, exaltés par une foule en colère de molester puis fusiller deux généraux de l'armée française.

Éléonore arriva trop tard à la mairie du XVIIIe.

« C'est horrible, j'ai vu certains de nos voisins frapper des hommes à terre, et les femmes leur cracher dessus. Les généraux sont morts, leurs hommes... »

Louise l'interrompit : « Et les canons ? Ils n'ont pas pris les canons. »

Éléonore s'assit sur le rebord d'une fontaine et aspergea d'eau son visage en sueur.

Des combats acharnés se poursuivirent de Vanves à Levallois. Les insurgés finirent par repousser l'armée des versaillais.

*

Dix jours plus tard, un drapeau rouge flottait sur l'Hôtel de Ville, et la Commune était proclamée. Le peuple gouvernait, Louise Michel était devenue présidente du Comité de vigilance des citoyennes du XVIIIe arrondissement de Paris.

Les Tourterelles crurent pendant une semaine qu'un monde nouveau était né. Sur ordre de Louise Michel, elles dressèrent la liste de tous les appartements inoccupés du quartier pour y loger ceux qui en avaient besoin.

Éléonore s'apprêtait à aller réquisitionner les locaux de monsieur Tripp en s'exclamant : « Tiens, déjà, dans son atelier, on pourrait loger deux familles ! » Rita l'arrêta net : « Lui, je m'en occupe, c'est un sale bonhomme, je le connais. »

Le soir, les fanfaristes avaient déniché assez de locaux vides pour abriter dix familles entières.

Au début du mois d'avril, Camille les mit en garde : « On me dit que les troupes de Versailles marchent sur nous. Elles sont déterminées à nous neutraliser. Elles seraient à Colombes et aux Moulineaux.

– On y va, Camille. Maintenant que Louise m'a appris à tirer, je peux me battre », lui répondit Éléonore.

Il l'arrêta dans son élan : « Pour le moment, il nous faut des ambulancières. Il y a beaucoup de blessés parmi les nôtres, et personne pour les transporter. »

Louise apprit donc à Rita et Éléonore comment faire un pansement d'urgence, maintenir une attelle et conduire une voiture à bras sans trop chahuter les malades.

« Simple question d'équilibre ! » commenta Gervais, qui, lui, était mobilisé pour l'édification des barricades. Angèle avait reconverti sa blanchisserie en « laverie du peuple » ; elle se chargeait des vêtements de tous, lavait, repassait, rapiéçait, en oubliant souvent de se faire payer.

Le 18 mai, Louise entraîna ses amies à une séance du club de la Révolution : on y vota, à l'unanimité, la suppression des magistrats et l'arrestation des prêtres.

Trois jours plus tard, Camille invita ses sœurs d'armes à un grand concert dans le jardin des Tuileries, au profit des veuves et des orphelins : « C'est dimanche, il fait beau, la révolution est en marche. Ça se fête, non ! » Il prit Éléonore par le bras. « Belle combattante, je vous promets que dès que nous vivrons dans un monde libre et en paix, j'occuperai tout mon temps à vous courtiser. »

Éléonore le rabroua gentiment : « Allons, monsieur le chef des rebelles de Montmartre, vous n'allez pas me parler de mariage, tout de même ?

– On verra, ma douce, on verra ! » dit-il en l'embrassant passionnément.

Arriva Louise Michel, essoufflée.

« Ils attaquent ! Mac-Mahon est au Trocadéro, un autre bataillon arrive par le cimetière de Montmartre et d'autres soldats sont au pied de la Butte. Venez vite ! »

Camille, Éléonore, Louise et Rita atteignirent la rue Notre-Dame-de-Lorette au moment où l'armée versaillaise commençait à canonner Clichy.

« Ils nous ont pris à revers, pesta Camille. Reprenez vos positions place Blanche, je monte jusqu'au Moulin. »

Louise et Éléonore tinrent plusieurs jours durant, passant les sacs de poudre, repoussant les assauts des troupes de versaillais. Puis Louise partit à cheval pour vérifier que les autres barricades n'avaient pas cédé. Elle fut arrêtée devant son école, alors que, inquiète, elle était venue prendre des nouvelles de la santé de sa mère et de ses élèves.

Rita fut dénoncée. Deux sergents de ville vinrent la cueillir chez elle à l'aube. Elle fut embarquée et passée par les armes pour l'exemple, avec une quarantaine d'habitants du quartier.

Éléonore pleura et se révolta quand elle l'apprit : « Si je tenais le lâche qui l'a dénoncée !... »

Gervais saisit sa nièce par la manche.

« Allez, viens. Justement, tant que tu ne sais pas qui c'est, il faut te cacher, car il peut recommencer. Toi aussi ils t'ont repérée. Ils sont en train de fouiller toutes les maisons à la recherche des insurgés, suis-moi ! »

Alors qu'ils remontaient la rue de Rochechouart pour rejoindre la blanchisserie au plus vite, ils aperçurent monsieur Tripp en grande discussion avec un brigadier.

Éléonore fila dans sa direction : « Oh, le salaud ! Je suis sûre que c'est lui qui nous a données ! »

Gervais la rattrapa. « T'es folle ou quoi ? Viens te planquer, on aura le temps de se venger, fais-moi confiance ! »

Ils bifurquèrent vers le rue Saint-Georges, où un groupe de badauds criait : « Salauds, assassins, laissez-le ! »

Éléonore s'approcha de l'attroupement et reconnut la silhouette de Camille de dos. Des soldats venaient de l'embarquer, mains liées.

« Camille ! Camille ! » hurla-t-elle.

Il se retourna, chercha dans la foule d'où provenait ce cri. On le poussa à coups de crosse dans le fourgon. Éléonore vit passer devant elle le convoi des condamnés. Elle tenta de le suivre, frappa violemment sur les portes. En vain.

Deux jours plus tard, elle découvrait son nom dans la liste des fusillés.

CHAPITRE 10

À cœur ouvert

Éléonore, effondrée, passa plus d'un mois à pleurer, se nourrissant à peine, au dernier étage de l'atelier de monsieur Sax. C'était le seul endroit sûr que Gervais avait trouvé pour la cacher.

« Ne vous inquiétez pas, ce n'est pas moi qui vous dénoncerai ! » avait promis le vieil homme, encore sous le choc des émeutes qui avaient eu lieu là, si près de chez lui. Plusieurs fois, l'armée était venue fouiller sa manufacture, mais devant la poussière qui recouvrait les établis, il n'avait eu aucun mal à convaincre les soldats que son usine était déserte et en ruine. Comme Paris d'ailleurs, qui sentait la mort et la défaite.

Avec Rita et Camille, c'étaient des milliers de morts que Montmartre avait connues. La Commune avait été écrasée par les armées de Thiers, et le rêve d'une république socialiste était définitivement abandonné.

Le premier rayon de soleil dans cette accumulation d'horreurs arriva un matin, quand Gervais apporta une lettre en provenance de Lille. Éléonore n'avait plus de nouvelles de sa famille depuis le début de la guerre. Paul s'inquiétait :

« Maman demande si tu vas bien, si tu as suffisamment à manger, si tu n'as pas été blessée, si Angèle et Gervais sont en bonne santé. Et tes amies musiciennes ? Papa aussi s'inquiète, il a fini par pardonner à maman. Elle m'a dit comme elle était fière de toi. Surtout, continue sur ta voie, et si tu as besoin d'argent ou de quoi que ce soit, compte sur nous, on est là. Maman me fait dire de saluer ton ami Joseph... J'aimerais bien le connaître, ce voleur de sœur ! »

Éléonore voulut lui répondre sans attendre. Et il lui en fallut, des feuilles et de l'encre, pour tout raconter : les barricades, la faim, les femmes extraordinaires qu'elle avait rencontrées... Elle sentit son cœur se serrer en pensant à Rita, mais à quoi bon parler d'elle à son frère et à sa mère ? Elle ne mentionna pas plus l'existence de Camille, mais écrivit qu'elle avait vu beaucoup d'horreurs, et que ses relations avec Joseph n'étaient pas au beau fixe.

Comme il n'y avait plus de commandes à l'atelier, le jeune homme travaillait chez Gautrot, l'un des plus féroces concurrents d'Adolphe Sax. Éléonore le croisait de temps en temps, mais ils échangeaient rarement plus qu'un « bonjour » : tout les séparait désormais.

Monsieur Sax peinait à retrouver des contrats. Éléonore était retournée travailler à l'atelier et s'était rendue indispensable. Il appréciait de plus en plus cette ouvrière exceptionnelle. Il aurait bien voulu l'aider à chasser ses idées tristes.

Un soir, l'apercevant courbée sur un hautbois dont elle retaillait l'anche, il eut une idée pour tenter de la distraire. Saisissant sa clarinette basse, il joua en sourdine, rien que pour elle, le solo d'un nouvel opéra, *Les Huguenots,* de Meyerbeer. Émue d'entendre enfin une vraie mélodie après les fracas de la guerre, Éléonore fondit en larmes. Il la prit dans ses bras et lui chuchota : « Il faut absolument que je vous montre quelque chose. »

Sax poussa la porte d'une pièce où, dans le plus grand secret, il conservait une immense collection d'instruments de toutes les époques et de tous les pays. Un véritable musée. Éléonore était tellement émerveillée qu'elle n'osait pas s'avancer.

« Approchez, que je vous présente mes créatures de cuivre ! Ces trompettes de scène géantes ont servi pour *Aïda*, l'opéra de Giuseppe Verdi. Que dites-vous de mon saxhorn contrebasse aux sept pavillons ? et de mes six trombones en un seul ? Regardez mes pavillons orientables... Parfaits pour les musiques en plein air, non ? »

Éléonore se contenta de hocher la tête en essuyant ses larmes.

« Vous savez, Éléonore, on croit qu'un feu est éteint, et une petite étincelle suffit pour le faire redémarrer. Ma vie a toujours été ainsi. Quand je suis arrivé à Paris, j'avais de grands projets, mais seulement trente petits francs en poche. Avec ça, j'ai pu acheter le hangar tout délabré de la rue Saint-Georges. Je vivais tout seul dans une mansarde au-dessus de l'atelier. Le toit était percé. Quand il pleuvait, j'ouvrais un vieux parapluie et, coûte que coûte, je continuais à dessiner sur l'établi. »

Ces confidences semblaient l'apaiser lui aussi ; il parlait en toute simplicité de son enfance en Belgique, comme s'il avait trouvé en Éléonore une disciple.

« Dans le quartier, à Dinant, on m'appelait "le petit Sax", "le revenant", parce qu'à trois ans j'avais avalé un verre de vitriol, un poison violent. Je croyais que c'était du lait. Je m'en suis remis par miracle... Mais, plus tard, les médecins découvrirent que j'avais une maladie grave des poumons. Ils conseillèrent de me faire respirer l'air des pins. Mais ces forêts-là étaient loin ; comment y aller sans argent ? Eh bien, je me suis soigné tout seul, j'ai inventé une goudronnière antiseptique ! J'ai envoyé la description de mon invention à Pasteur, le grand savant. Il m'a félicité et a commandé deux modèles pour lutter contre la coqueluche. C'est à ce moment-là que j'ai mis au point mon saxophone inhalateur hygiénique, qui soigne les poumons de n'importe quel saxophoniste fragile ! »

Emportée par ce tourbillon de paroles, Éléonore avait la tête qui tournait. Adolphe Sax était bien trop plongé dans ses souvenirs pour s'en apercevoir. Il continua, exalté : « Il faut résister, Éléonore. Et pour moi, résister, c'est inventer. Hélas, les inventeurs sont jalousés : je croule sous les procès, la faillite me guette. J'ai beau avoir déposé plus d'une quarantaine de brevets, je suis toujours victime de contrefaçons. Sans mon ami Hector Berlioz, le grand compositeur, il y a belle lurette que j'aurais mis la clé sous la porte... Si vous saviez ce qu'il me manque, maintenant qu'il n'est plus là ! »

Tout à ses rêves, Adolphe Sax ne voyait pas qu'Éléonore s'était endormie dans son fauteuil. Il avait encore tant de choses à dire : « J'aurais bien fait percer la butte Montmartre pour désembouteiller Paris, mais, malgré mes appuis auprès de l'empereur, on ne m'écoute pas... Vous verrez, ma nouvelle idée d'un orgue wagon a de l'avenir : on pourra l'entendre à des kilomètres à la ronde ! Tout comme les sifflets à vapeur pour les chemins de fer, je les ai améliorés... »

Adolphe Sax finit par se rendre compte que sa protégée s'était assoupie. Il ne put lui montrer sa dernière invention, encore plus étonnante que les autres : les premières fleurs artificielles. Alors, délicatement, il en plaça quelques-unes dans les cheveux de la jeune fille.

Quelques jours plus tard, très tôt le matin, elle fut réveillée par des coups violents sur la porte d'entrée.

« Au nom de la loi, ouvrez ! J'ai là un ordre de saisie du mobilier, et le commissaire m'accompagne !

– Monsieur Sax ! Monsieur Sax ! Venez vite, ce n'est pas moi qu'ils cherchent, mais vous, ce sont des huissiers ! »

Éléonore courut dans toute la maison et finit par trouver son patron au fond du poulailler, qu'il avait entrepris de restaurer. Deux perruches avaient niché dans un coin du bâtiment.

« Monsieur, faites vite ! Les huissiers sont à la porte.

– Ils ne se lassent donc jamais ! Qu'est-ce qu'ils croient ? Qu'il y a encore quelque chose à saisir ? »

Adolphe Sax n'était même pas en colère : « Messieurs, il n'y a rien ici, rien à vendre, rien à prendre, je crois que je n'ai même plus un gramme de génie. »

Assis près d'un petit guéridon, il laissa les hommes en noir finir leur sale besogne.

Éléonore le tira de sa torpeur : « Monsieur, ils ont trouvé l'atelier secret ! Ils sont en train de faire l'inventaire de votre collection ! Il ne faut pas les laisser faire, ils vont tout prendre ! »

Au mot « collection », Adolphe sortit de son apathie : « Pardon, mais pourrais-je savoir ce que vous me réclamez ? » demanda-t-il à l'huissier en chef.

Celui-ci lui tendit le commandement à payer.

« Quarante mille francs, mais comment est-ce possible ? Je ne dois une telle somme à personne ! »

Sax examina le papier dans le détail : il ne s'agissait que d'arriérés de loyer mais, mis bout à bout, cela faisait un sacré montant.

« Attendez, je dois pouvoir m'arranger ! »

Plusieurs fois, des mécènes avaient sorti Sax de l'embarras. Mais l'huissier n'était pas du genre à transiger. Il reprit son inventaire sans sourciller : « Et ce petit hautbois, c'est quoi ?

– Un doudouk, un instrument qui vient des montagnes d'Arménie. »

Deux semaines plus tard, de grandes affiches étaient apposées dans le quartier, annonçant la vente aux enchères d'une grande collection d'instruments. Une liste détaillée suivait. Tous les trésors accumulés par Adolphe Sax étaient à vendre. Quelques amis se cotisèrent. *Le Figaro* lança même une collecte auprès de ses lecteurs pour sauver ce bienfaiteur de la musique, mais rien ne put le consoler. Éléonore décida alors de parler à Alphonse. Elle le voyait moins depuis la Commune, l'insurrection avait naturellement mis fin à leurs répétitions sans Rita, les filles n'avaient plus le cœur à jouer.

Alphonse Sax avait passé tous ces mois de guerre dans sa Belgique natale, mais il était revenu en France pour exercer le métier de bijoutier et s'était enrichi. Éléonore tenta de réconcilier les deux frères.

« Adolphe est ruiné...

– Il n'a que ce qu'il a cherché ! Si seulement il m'avait écouté, nous serions aujourd'hui associés et je l'aurais aidé à gérer son affaire. On ne peut pas jouer sur tous les tableaux ; inventer, c'est une chose, mais faire fructifier ses brevets demande un autre talent ! Il est trop orgueilleux, il se croit capable de tout. »

Alphonse accepta tout de même de venir voir son frère.

La visite fut courte et glaciale. Alphonse, sans doute impressionné par le dénuement dans lequel vivait Adolphe, s'emporta : « Heureusement que père n'a pas vu ça ; plus un meuble, juste les crochets des tableaux au mur ! Et tes instruments, où sont-ils ? Éléonore m'a dit que tu avais tout vendu, mais pourquoi tu ne m'as pas fait venir ? J'aurais sans doute pu t'aider ! »

Adolphe ne sortit de son mutisme que pour demander des nouvelles de la Belgique et de la maison familiale de Dinant.

« Ah, celle-là, tu ne la vendras pas ! » lança Alphonse, furibond.

Outré que son frère ait pu lui prêter de pareilles intentions alors qu'il ne faisait que s'inquiéter de son pays et des siens, Adolphe saisit Alphonse par le col et le chassa de chez lui.

Ce fut leur dernière entrevue. Le 25 juin 1874, toute la fanfare recomposée des Tourterelles accompagna monsieur Alphonse pour son dernier voyage musical, de la rue d'Abbeville jusqu'au cimetière de Montmartre.

Ninon au clairon, Cécile à l'ophicléide, Suzette à la caisse claire, Anastasie et Azalée à la clarinette, Émilienne, la crémière, au basson, Éléonore au piston et sa tante Angèle au tuba donnèrent ce jour-là le plus beau de leurs concerts. Il n'y avait pas d'enjeu, pas de concours, juste un public en larmes et une fanfare de Tourterelles qui dédiait cette dernière représentation au plus fantaisiste des chefs d'orchestre, au plus enthousiaste des spectateurs et au plus fervent défenseur de la cause des femmes et des musiciennes – celui qui demeurerait *leur* monsieur Alphonse pour toujours.

Adolphe et Joseph suivaient le cortège, visiblement émus. Gervais cherchait sans arrêt son mouchoir. Une dernière fois, Adolphe réunit tous les amis de son frère au 50 de la rue Saint-Georges. Un mois plus tard, après bien des faillites, il déposait le bilan.

Il écrivit pour Éléonore une lettre d'introduction si

flatteuse auprès de l'un de ses concurrents que le lendemain la jeune fille était embauchée chez madame Besson, première femme facteur d'instruments de la capitale et auteur d'une invention des plus étonnantes : la clarinette à pédale.

CHAPITRE II

Nouvelle syncope

Une nouvelle Exposition universelle se préparait à Paris, sur les pentes du Trocadéro : une véritable aubaine pour les instrumentiers. Les organisateurs l'avaient voulue plus grande, plus riche encore que les précédentes, qui s'étaient tenues en Autriche puis aux États-Unis. Prévue pour durer de juillet à décembre 1878, l'Exposition, toute de fer et de fonte, couvrait les trois quarts du Champ-de-Mars. Dès son ouverture, douze mille orphéonistes, venus de la France entière, rivalisèrent de virtuosité. Une véritable armée musicale ! Hélas, pas de maison Sax parmi les exposants : Adolphe venait à peine de se libérer de ses dettes et il avait confié à son fils le soin de reprendre son entreprise en déroute.

Les commandes affluaient dans l'atelier de madame Besson, où Éléonore travaillait depuis bientôt quatre ans. Depuis les événements tragiques de la Commune, la mort de Rita et de Camille, la jeune femme n'avait plus goût qu'à son travail, elle ne touchait plus jamais son cornet à pistons. Et, avec la grande exposition, elle n'avait de toute manière pas le temps de ressasser ses souvenirs.

*

Pour la première fois, une manufacture américaine, la compagnie Conn-Dupont, était invitée à présenter ses nouveaux modèles d'instruments, dont le fameux cornet quatre en un. Son orchestre défila au beau milieu du cortège des nations, du Trocadéro jusqu'aux Champs-Élysées. Ce groupe venu du Nouveau Monde, avec banjo, trompette, trombone, cornet et chanteuses, fit immédiatement sensation. On était loin des fanfares napoléoniennes à la marche lourde et solennelle, le chef à l'air sévère marquant la cadence d'un coup sec de la tête. Les Américains étaient dirigés par un jeune et élégant trompettiste noir. Ils dansaient plutôt qu'ils ne marchaient. La foule qui les regardait passer fut prise d'une envie folle de les imiter et de se trémousser. Au premier rang des badauds, à la hauteur des Champs-Élysées, Éléonore n'en perdait pas une mesure. Cette musique si joyeuse, qui utilisait différemment des orchestres français les troisième et septième notes de la gamme, la fit chavirer. Elle reçut comme un coup de soleil en plein cœur et se mit à marcher en cadence le long du cortège.

Autour d'elle, on criait, on riait, on battait des mains pour saluer ce nouveau rythme.

Quand l'orchestre s'arrêta, le trompettiste américain du *dancing band* sortit du rang et lui adressa un somptueux sourire.

Éléonore fit de même.

« Ça va, Miss ? Vous balancez comme personne, quel *swing* ! »

Éléonore ne saisit pas exactement ce que le chef de la fanfare américaine voulait dire, mais répondit poliment : « Merci. »

Elle se sentait soudain impressionnée : le musicien était si grand, si maigre, si noir ! Il s'inclina respectueusement vers elle et se présenta dans un drôle de français chantant : « Mon nom est Jim, Miss, Jim Mississippi, comme le fleuve.

– C'est où, ça, le fleuve Missippissi ?

– En Amérique, Miss, et on dit "Mississippi". »

Il rit, d'un rire à rendre joyeux tous ceux qui l'écoutaient. Éléonore tenta de s'en aller : « Je dois rentrer à la blanchisserie de ma tante...

– Avec moi, O.K. ? Je vous accompagne !

– Non, non, vraiment... Non, merci, monsieur... Jim !

– J'insiste, Miss. *Please !* Chez moi, les femmes ne rentrent jamais seules. »

Éléonore mit sa timidité de côté. Elle était intriguée par ce musicien à la peau sombre : à quoi pouvaient bien servir ce vieux chapeau, cette noix de coco et ce débouche-évier qui dépassaient de ses poches ?

« Mon sourdine, pour mon trompette, Miss », expliqua Jim.

Éléonore ne put s'empêcher de corriger : « On dit *ma* trompette ! Moi, je joue du piston, mais pas comme ça.

– Dans un fanfare ?

– Je jouais dans *une* fanfare, oui. Mais je ne lis pas très bien la musique !

– Toutaloreille, comme moi ! » jubila Jim.

Éléonore fut définitivement conquise par son sourire bienveillant : oui, à la réflexion, le musicien américain pouvait bien la raccompagner.

Ils marchèrent tous les deux en silence, n'osant pas faire plus ample connaissance. Le long de la rue La Fayette, les badauds chuchotaient sur leur passage. Avant la rue du Croissant, des centaines de regards s'étaient posés sur eux...

Éléonore s'enhardit et commença à lui poser quelques questions : « C'est la première fois que vous venez à Paris ? »

Jim hocha la tête, d'un mouvement qui voulait dire oui.

« Vous êtes là pour longtemps ?

– Mon orchestre repart dans trois mois. »

Éléonore n'osa pousser plus loin l'interrogatoire.

En haut de la rue Saint-Georges, Miss Éléonore et Mr Jim n'étaient plus seuls au monde : enfants, amis, curieux les escortaient. Quand ils arrivèrent à la blanchisserie, ils formaient déjà un joyeux défilé qui fut bien obligé de s'arrêter devant la petite porte.

À l'entrée, Éléonore hésita, mais Angèle, dès qu'elle l'aperçut, abandonna ses fers à repasser pour accueillir toute la compagnie. À la vue de cet hôte à la peau bien plus noire que celle du docteur javanais qui avait guéri monsieur Sax, Angèle resta interloquée un moment. Puis, craignant que sa surprise ne puisse gêner l'inconnu, elle tapota nerveusement sa pile de draps frais.

Gervais prit les devants : « Bienvenue ! Ici, c'est la maison des petits comme des grands voyageurs ! »

Angèle fit de la place autour de la table et proposa à Jim de s'asseoir.

« Vous devez être fatigué ?

– Moi, pas du tout. C'est... » Il fit un signe en direction d'Éléonore, mais se rendit compte qu'il ne connaissait pas son nom.

« ... ma nièce, c'est ma nièce qui ne va pas ? Ben, qu'est-ce qui t'arrive, ma pauvre Éléonore, tu m'as l'air toute chose ? »

Jim répéta ravi : « "Éléonore", c'est très joli... »

Angèle sentit tout de suite que quelque chose se tramait entre ces deux-là ; pour cacher son émoi, elle sifflota les premières mesures du *Temps des cerises.* Jim reprit le contre-chant, tapotant sur ce qui lui tombait sous la main. L'hymne des communards changea de rythme : on aurait presque dit un refrain du folklore américain.

La soirée avançait. On ne pouvait pas en rester là.

« Monsieur le musicien, mettez-vous à table, je vais vous faire goûter ma blanquette : vous m'en direz des nouvelles ! »

Angèle fit passer des assiettes jusque dans la rue. Les voisins furent invités à partager le repas, le vin et les chansons. Jim savait vraiment mettre de l'ambiance ! C'était même son métier, « ambianceur ». En deux minutes, il fit fredonner *Oh, Susanna* et *Old Black Joe* à tous les invités.

Jim Mississippi vivait en Louisiane, à La Nouvelle-Orléans. Cela expliquait pourquoi il parlait français, un peu bizarrement, certes, mais de façon agréable à l'oreille ; il précisa que c'était aussi la raison pour laquelle il avait été choisi par la maison Conn-Dupont pour venir en tournée en Europe et à Paris présenter les instruments de cette illustre manufacture. Il apprit à la tante Angèle éberluée, à Éléonore enchantée, ainsi qu'au reste de l'assemblée qui se taisait, la dernière danse de « là-bas » : le *cake walk*, la « danse du gâteau », au rythme endiablé.

« Ceux qui l'ont inventée, dit-il, ce sont les esclaves noirs, pour se moquer du quadrille et de la polka que dansaient leurs maîtres blancs ! »

Et, aussitôt, il proposa une démonstration.

« Mais c'est une polka à l'américaine, une polka patraque, tout comme moi ! » s'exclama Éléonore, en éclatant de rire.

Même après avoir tant agité ses grandes jambes, Jim n'avait pas l'air fatigué. Après la danse, il fouilla dans ses poches.

« Qui veut fumer des cigarettes ? »

Un grand silence lui répondit. Son manteau contenait non seulement toutes ses sourdines, son débouche-évier, son vieux chapeau et sa noix de coco, mais encore une pommade pour les lèvres et un sirop à l'odeur épouvantable que Jim avala d'un coup d'un seul, en se pinçant le menton et en prononçant son cri de ralliement : « Ouh là là là ! »

Angèle et Éléonore allèrent chercher tuba et cornet derrière le comptoir et proposèrent à Jim de les accompagner à la trompette. Éléonore et Jim se dévoraient des yeux et se fichaient éperdument des autres.

Tout le quartier était aux fenêtres pour applaudir la mélodie qu'il improvisait.

« En l'honneur de la patronne des lieux, je baptise ce morceau *Angèle Swing*, "polka patraque des blanchisseuses de Montmartre" ! »

Un voisin qui n'était pas entré dans la danse, indigné, gloussa dans sa barbe : « Quelle bamboula ! Un Noir dans la blanchisserie d'Angèle : on aura tout vu ! »

N'en déplaise à ce grincheux, une drôle de musique au tempo déchiré venait d'entrer dans Paris, par la porte d'une blanchisserie de Pigalle ; Éléonore eut pour la première fois l'impression que sa vie allait maintenant plus vite encore que la musique...

Jim expliqua très sérieusement à toute la compagnie : « Je connais bien le bamboula, c'est un petit tambour des Antilles. On en joue souvent à La Nouvelle-Orléans. Quand j'avais cinq ans, avec deux barreaux de chaise et une casserole en fer-blanc, j'accompagnais mes voisins qui jouaient de la planche à laver et de la mâchoire de cheval... »

Gervais, à la surprise générale, poussa un hennissement pour accompagner les battements de pied de l'ambianceur américain. Plus moyen de les arrêter : toute la blanchisserie se mit à chanter en chœur, reprenant après Jim les paroles qu'il venait d'inventer :

Miss est ici, Miss de Paris
Loin du Missi-Mississippi
Miss de Paris, Miss si jolie
Dans cette blanchi-blanchisserie

What a fine and mellow day ![1], s'exclama Jim tout heureux. Ce que Gervais, qui ne parlait pas anglais, s'empressa de traduire par : « Quelle femme et quelle mélodie ! »

Éléonore accepta de revoir Jim le lendemain, et puis les jours suivants. Tous les soirs, après son travail, elle retrouvait le trompettiste et son *dancing band* au Trocadéro. Il avait baptisé son orchestre « le Trocarodéo Band ». Le public était enthousiaste ; invité à danser à l'américaine, il s'en donnait à corps joie.

De son côté, grâce à Jim, Éléonore entrevoyait un nouveau monde de mots et de notes, un possible changement d'humeur dans la musique. Elle ne marquait plus le rythme comme monsieur Alphonse le lui avait appris. Son métronome semblait lui aussi pris de folie : il marchait comme un petit soldat de parade qui aurait perdu la cadence. La jeune fille travaillait son cornet d'arrache-pied, un jour sur deux, sous l'œil attentif du trompettiste.

« Les morceaux ne comptent pas, Éléonore. Ce qui compte, c'est ta façon de les jouer », affirmait Jim.

Chaque fois qu'il attaquait une mélodie, Éléonore avait l'impression que cette musique n'avait jamais existé auparavant. Les répétitions des Tourterelles avaient repris, mais

1. « Quelle belle et douce journée ! »

elle les désertait de plus en plus souvent pour apprendre, auprès de Jim, les rythmes du Nouveau Monde.

Désormais, le soir, Éléonore préférait se promener avec Jim. Ils arpentaient ensemble les ruelles pavées de Montmartre, éclairées au gaz. Lorsqu'ils avaient longé la rue des Saules et la rue Saint-Vincent, ils grimpaient jusqu'en haut de la Butte, du côté du Moulin de la Galette, pour que le musicien américain puisse admirer Paris.

« *I love Paris* trop beaucoup », insistait Jim, inventeur de mots à ses heures, se moquant lui-même de sa fâcheuse tendance à mélanger les langues. Il adorait ce petit village qui dominait la ville et ses environs. Quand ils étaient tout là-haut, il répétait avec Éléonore les noms des plus grands monuments : la tour Saint-Jacques, l'église Sainte-Geneviève...

« Vous avez beaucoup de saints, c'est comme nous ! »

Lorsque Jim proposa à Éléonore de s'arrêter pour boire un verre sous la tonnelle du Moulin de la Galette, elle eut un mouvement de recul.

« Oh non, Jim, pas ici ! J'ai trop de souvenirs, je ne peux pas t'expliquer... »

Elle se voyait encore dans les bras de Camille et les images terribles de la Commune lui revenaient en mémoire, tandis que la roue du Moulin tournait, tournait, sans se soucier de la peine de la jeune femme.

Ils continuèrent la promenade sans mot dire. Rue de

l'Abreuvoir, ils dégustèrent une soupe à l'oignon et, pendant qu'ils marchaient du côté de Château-Rouge, Éléonore scrutait son ami américain du coin de l'œil, discrètement. Elle lui volait son sourire, photographiait son profil, rangeant toutes ces images dans sa mémoire amoureuse.

Soudain, Jim saisit la main d'Éléonore, la posa sur son cœur et se mit à fredonner une vieille chanson française qu'on chantait encore à La Nouvelle-Orléans :

Marquis, dis-moi, la connais-tu,
Qui est cette jolie dame ?
Et le marquis lui a répondu
Sire roi, c'est ma femme
Marquis, tu es plus heureux que moi
Marquis, tu es plus heureux que moi
D'avoir femme si belle
Si tu voulais me la donner,
Je me chargerais d'elle

« Je peux t'appeler "Marquise", Miss ?

– Marquise à ta guise, Jim ! répondit-elle en riant.

– *I love you* trop beaucoup, belle Marquise. Me donnerais-tu un baiser ? » demanda hardiment le trompettiste.

Éléonore n'eut pas besoin de réfléchir longtemps. La Française et l'Américain échangèrent leurs premiers baisers non loin des fondations du Sacré-Cœur. Ce soir-là, ils continuèrent de s'aimer de banc public en banc public, de porte cochère en contre-allée, et Éléonore accompagna Jim à sa chambre d'hôtel. À l'aube, en catimini, Éléonore regagna son lit, à l'étage de la blanchisserie.

« T'as pas dû dormir beaucoup ! »

Éléonore ne sut que répondre à la remarque d'Angèle. Décidément, elle n'arrivait pas à lui cacher grand-chose.

« Laisse-la donc, tu vois pas qu'elle est amoureuse ? »

Éléonore piqua un fard, Gervais était loin d'imaginer que sa remarque bouleverserait autant sa nièce. Elle se jeta dans ses bras, comme quand elle était petite, qu'elle s'inquiétait pour son frère et sa mère. Il tenta de la consoler : « Je ne voulais pas te faire de peine. Au contraire, on est contents que tu aies l'air un peu heureuse.

– Je le suis, mais je suis déjà triste à l'idée qu'il va repartir. Je sentais qu'avec lui j'aurais pu...

– Continuer la romance ? T'en fais pas, ma belle... S'il t'aime vraiment, il restera, ou alors il reviendra. »

Gervais se voulait rassurant, mais Éléonore ne l'écoutait pas, encore trop chavirée par la nuit avec Jim.

Quelques heures plus tard, le trompettiste arriva, salua tout le monde à la blanchisserie, et s'en alla avec sa Marquise pour une vraie visite de l'Exposition.

Gervais et Angèle les laissèrent partir tous les deux. Ils savaient reconnaître l'amour, le vrai, et ce drôle de géant américain avait rendu le sourire à leur Éléonore chérie.

Seule Angèle, inquiète pour l'avenir de sa nièce, eut un pincement au cœur.

À l'Exposition universelle, une foule émerveillée se pressait de tous côtés. Éléonore ne lâchait pas la main de Jim ; le couple ne passait pas inaperçu : nombre de visiteurs se retournaient sur ce grand Noir élégant aux côtés de cette frêle jeune femme aux boucles d'or.

Après la découverte des machines à écrire et des dents en porcelaine, Éléonore entraîna le trompettiste vers une attraction à ne pas manquer, au nom de leur histoire franco-américaine : la tête géante et creuse de la statue de la Liberté – pour cinq centimes seulement, on pouvait même s'y promener.

Les amoureux réussirent à s'engouffrer dans l'escalier intérieur pour atteindre la couronne. Un jeune garçon préposé à la visite ôta sa casquette et lança d'un ton goguenard : « Allez, allez, messieurs-dames, donnez des sous pour elle ! La statue portera le flambeau jusqu'à New York, et avec l'argent on lui paiera une cervelle ! »

Dans le groupe des visiteurs, un homme se moqua : « Vous trouvez que c'est un beau cadeau de la France à l'Amérique, cette Liberté qui n'a même pas de cervelle ! »

Jim confia à Éléonore : « On a déjà la liberté en Amérique ; l'esclavage, c'est fini ! Pourtant, le plus petit des Blancs a toujours raison contre le plus valeureux des Nègres. »

Éléonore renchérit, ne regardant plus que Jim : « Et chez nous, le plus mauvais des patrons a le dernier mot face au meilleur des ouvriers ! »

Jim voulait tout raconter à Éléonore de La Nouvelle-Orléans. Il parlait fort, la serrant contre lui ; et très vite, un attroupement se forma autour d'eux : « Chez moi, en Louisiane, beaucoup ont eu des ancêtres français et ne veulent toujours pas parler l'américain. À La Nouvelle-Orléans, on mange les meilleures nourritures du monde, on danse toutes les danses, on entend toutes sortes de langues, on accepte toutes les religions. Là-bas, on vit au rythme des fanfares et des fêtes : on pleure aux naissances, mais on danse en musique aux enterrements. Là-bas, les moustiques sont féroces ! Sur le Mississippi, Miss, tu vois passer de grands bateaux à roue. Partout, des champs de canne à sucre, de coton et de tabac blond, et on fume le cigare trempé dans la mélasse. Là-bas poussent des magnolias immenses dont le parfum endort. Il y a des ratons laveurs et des opossums qu'on chasse la nuit, des fantômes trop bavards et des revenants qui rôdent en silence, seulement pour te toucher les doigts de pied. Mais il n'y a pas d'éléphants, car ces grands sages d'Afrique n'ont jamais connu l'esclavage. »

Il se rapprocha d'Éléonore et lui confia tout bas : « Mes parents, eux, sont morts battus par leur maître. » Sa voix se cassa. Il semblait perdu dans ses souvenirs. « Tu sais,

Miss, que les éléphants sifflent et qu'ils ne se reproduisent jamais en captivité ? »

À son tour, Éléonore, la gorge serrée, lui raconta les neuf semaines de la Commune, soixante-trois jours de cauchemar pendant lesquels la population de Paris affamée avait été jusqu'à tuer les éléphants du Jardin des Plantes pour survivre. Des images de l'arrestation de Camille et de Louise Michel, la vision de Rita exécutée en pleine rue lui revenaient en mémoire... elle dut s'interrompre pour ne pas fondre en larmes.

Jim était devenu comme fou en apprenant le sort des éléphants de Paris. Il voulut absolument se rendre au « jardin des animaux sacrifiés à la liberté », disait-il en cognant ses chevilles l'une contre l'autre, comme s'il était lui-même enchaîné.

Ils quittèrent précipitamment l'Exposition et se mirent à longer la Seine, silencieux. Plus ils se rapprochaient du Jardin des Plantes, plus l'odeur de fauve s'accentuait. La nuit tombait lorsqu'ils arrivèrent devant les grilles.

Devinant au loin les cages vides, Jim embouchа prestement sa trompette. Il souffla de toutes ses forces, à s'en faire éclater les lèvres, et chaque note était comme un cri lancé au ciel. Sa musique remplissait les cages et le jardin tout entier, faisant taire les oiseaux, ses seuls prisonniers. Les notes devenaient de plus en plus puissantes, Jim était transfiguré. Sa trompette barrit jusqu'au lever du jour.

Cette nuit-là, peut-être bien que la Seine déborda, que tous les arbres du Jardin des Plantes se déracinèrent en entendant l'hommage vibrant d'un trompettiste noir américain aux éléphants de Paris.

Au matin, la trompette de Jim était bizarrement cabossée : le musicien prétendit que le fantôme d'un éléphant l'avait écrasée.

Jim était un conteur intarissable : il racontait des histoires vraies, d'autres totalement inventées, de grands mensonges qu'il faisait éclater en autant de bulles de vérité. Éléonore pouvait l'écouter des heures. Il chantait et dansait la vie. Elle aimait tant être avec lui. Ses mains qui n'en finissaient pas de la surprendre, son odeur un peu sucrée, son rire généreux lui étaient devenus familiers. Mais pouvait-elle vraiment le croire lorsqu'il disait aimer pour la vie sa *Marquise of Paris* ?

CHAPITRE 12

Le souffle au cœur

Éléonore, qui savait que Jim ne resterait pas très longtemps à Paris – l'orchestre de Conn-Dupont devait parcourir l'Europe –, tenait à le présenter à son ami Adolphe Sax. Grâce à elle, l'inventeur du saxophone allait faire une rencontre capitale pour l'avenir de son instrument.

« Monsieur, je vous le promets, ces musiciens américains ne jouent pas comme nous, c'est plus enlevé, plus rythmé : vous allez adorer ! »

Adolphe Sax avait accepté, tout en grommelant qu'il avait mieux à faire qu'aller s'amuser. Ils devaient retrouver Jim devant les fontaines du Trocadéro, qu'ornaient de joyeux mascarons crachant l'eau dans les bassins.

Jim surgit soudain, enveloppé dans son grand manteau. Adolphe étouffa un petit « Oh ! » de surprise et lui tendit la main en s'excusant : « Éléonore ne m'avait pas dit que vous étiez si... grand. »

Jim sourit.

« Elle ne m'avait pas dit que vous étiez si élégant. »

Il est vrai qu'Adolphe s'était mis en frais : gilet de soie, queue-de-pie, montre de gousset. Il ne faisait pas du tout ses soixante-quatre ans. Son regard clair et vif, ses cheveux encore bruns lui donnaient l'allure d'un homme dans la fleur de l'âge.

« Monsieur Sax, permettez-moi de vous présenter à mon patron, proposa Jim. Il fabrique comme vous des instruments, je suis sûr que vous avez beaucoup de choses à vous dire ! »

Jim saisit sa Marquise par la taille et les entraîna tous les deux vers le restaurant, où une table sous la tonnelle avait été réservée.

Un homme corpulent se présenta.

« Charles Gerald Conn, enchanté ! »

Le patron américain de la compagnie Conn-Dupont avait une façon bien à lui de prononcer « enchanté ». Adolphe Sax prit place près de lui. En moins de cinq minutes, les deux inventeurs trouvèrent le moyen de se comprendre. Mr Conn connaissait des rudiments de français, au moins le nom de plusieurs instruments. Adolphe avait vécu à Londres, il possédait quelques bribes d'anglais et un vocabulaire essentiellement musical. Ce mince bagage, agrémenté de gestes et de dessins, permit aux deux hommes de parler affaires. Après un beau succès dans la fabrication d'embouts en caoutchouc pour les trompettes, l'Américain s'était lancé dans la manufacture d'instruments, et s'était associé quelques années auparavant à un Français, Eugène Dupont.

La soirée s'acheva par une tournée générale de « polka patraque ». Tous les clients sautillaient entre les tables. Mr Conn invita monsieur Sax à le suivre dans cette farandole effrénée. Ce fut une grande première dans la vie sérieuse d'Adolphe Sax : il passa la nuit à faire la fête et se coucha à l'aube, épuisé mais heureux.

En cette année 1878, l'automne tardait à arriver. La Marquise of Paris se réveilla seule, secouée de sanglots, avec le sentiment d'étouffer. Elle courut à sa fenêtre et crut entendre des notes gelées, suspendues dans l'air que les nuages en forme d'éléphant n'arrivaient pas à réchauffer. Jim était reparti là-bas, à La Nouvelle-Orléans, au creux du fleuve Mississippi, quelque part dans le Nouveau Monde. La veille, en guise d'adieu, il avait organisé une folle soirée baptisée « Montmartre Spiritual » dans le nouveau local des fanfaristes. Elles avaient emménagé sur les Grands Boulevards. Il n'était plus question de louer l'atelier de cet abominable Tripp – qui, aux dernières nouvelles, était soupçonné du meurtre d'un de ses modèles.

Les Tourterelles avaient invité tous leurs proches, quelques clients d'Angèle ainsi que des anciens de la maison Sax. Éléonore était allée chercher son cornet. Tous s'étaient mêlés au *dancing band*, présent au grand complet. Il y avait autant de monde dehors que dedans. Jim, installé devant la porte, chantait une phrase et faisait reprendre le public après lui :

Paris gigote
Paris gigote trop !
De Montmartre à Chaillot
De Montmartre à Chaillot

Puis, en compagnie des Tourterelles, il avait joué *Angèle Swing*, la polka des blanchisseuses de Montmartre, pour faire danser l'assistance. On s'était déhanché, on avait essayé quelques danses excentriques. Plusieurs voisins avaient protesté aux fenêtres : « Silence, assassins du sommeil ! Y a des braves gens qui dorment ! »

Azalée avait alors suggéré de terminer la soirée place Pigalle, au grand café Le Rat Mort, surnommé ainsi à cause de son odeur. Tous les chiens du quartier s'y donnaient régulièrement rendez-vous et, ce soir-là, quand la joyeuse troupe arriva, elle fut accueillie par le vacarme des aboiements. Jim avait offert une dernière tournée et tous avaient trinqué à l'Amérique et à la liberté, à Montmartre et à sa butte, à ses chiens, à ses chats et à ses rats. Ce fut le patron qui, un torchon à la main, chassa toute la bande sur le trottoir vers deux heures du matin. Les

Tourterelles avaient embrassé à tour de rôle l'ambianceur, qui leur avait donné à chacune rendez-vous en Amérique.

En raccompagnant, le plus tendrement du monde, une dernière fois Éléonore dans sa chambrette, Jim lui avait fredonné à l'oreille : « Adieu, ma mie, adieu, mon cœur, adieu, mon espérance, *sweet* Marquise, ne m'oublie pas, *please*, ne m'oublie pas. *I must go.* » Ils s'étaient endormis aux aurores.

Éléonore s'habilla en hâte. Il fallait qu'elle sorte, qu'elle respire ; l'absence de Jim l'étouffait.

Comme Montmartre lui paraissait triste sans lui : plus de sourires, plus de promenades, plus de chansons au clair de lune... Elle se força à retrouver les Tourterelles. Les fanfaristes se réunissaient désormais le mardi et le jeudi.

Éléonore fut accueillie avec joie.

« Ah ! la voilà enfin ! La lâcheuse est de retour ! Mesdemoiselles, on va pouvoir retravailler », s'écria Ninon en l'embrassant.

Cécile la serra fort dans ses bras.

« Tu peux compter sur nous : Joseph et moi, on sera là pour t'aider. »

Cette remarque sortit brusquement Éléonore de ses tristes pensées et elle sourit à l'idée que Joseph était heureux maintenant.

« Merci, Cécile, tu es gentille. »

Azalée, qui n'avait pas perdu une miette de la scène, demanda à ses camarades de se mettre en place : « Allez, les filles, on y va ! On reprend *La Marche des éléphants* où on l'avait laissée la dernière fois... Un... deux... trois... quatre ! »

Éléonore empoigna son cornet, mais elle ne put sortir aucune note tant la simple évocation des éléphants la bouleversait...

Cécile lui ordonna de se reposer sur le canapé de l'atelier : « Tu vas nous écouter et tu nous conseilleras, on a un contrat pour dans deux mois. »

Éléonore se ressaisit en pensant à ses amies et prit son rôle très à cœur. Peu à peu, la musique et l'amitié apaisèrent sa peine, qui laissa place à une nouvelle envie de vivre et de jouer. Elle prit même la direction des répétitions, insufflant un rythme neuf à la fanfare des Tourterelles. Jim était parti, mais son âme était restée.

Deux mois plus tard, les filles au grand complet, dans des tenues très froufroutantes, assuraient la première partie d'un spectacle dansant à La Reine Blanche. Elles remportèrent un franc succès.

Le jour, Éléonore fabriquait des instruments chez madame Besson, cour d'Angoulême, et le soir elle dirigeait la fanfare. Ces doubles journées la laissaient sans force.

Joseph s'était imposé comme régisseur des Tourterelles. Il s'occupait ainsi de Cécile, mais restait aux petits soins pour toutes ces dames, satisfaisant leurs demandes les plus excentriques. Joseph, le plus vieil ami d'Éléonore, était devenu, malgré leurs différends – aujourd'hui oubliés –, son confident. Avec lui, elle n'avait pas besoin de s'expliquer. « Je comprends que tu sois épuisée : moi aussi, j'ai du mal à suivre, et pourtant, je ne joue pas, je ne fais que porter vos caisses tous les soirs. »

Un soir où il la trouva particulièrement essoufflée, il l'obligea à consulter un docteur. Monsieur Vieuxtemps, le père de Cécile, n'eut aucun mal à diagnostiquer ce qui fatiguait mademoiselle Leblanc : c'était l'arrivée prochaine d'un bébé.

« Tante Angèle, tante Angèle, il faut m'aider !

Éléonore arriva à la blanchisserie blême, à bout de souffle, et sa tante accourut, affolée.

« Qu'est-ce qui se passe ?

– Je suis... enfin... j'attends un enfant. »

Éléonore se mit à pleurer à chaudes larmes. Angèle la prit dans ses bras et pleura encore plus fort que sa nièce.

« Quel bonheur, ma chérie ! dit-elle en s'essuyant le visage, sans penser tout de suite au qu'en-dira-t-on. Si tu savais la chance que tu as. Moi qui aurais tant voulu... C'est merveilleux, je suis vraiment heureuse pour toi. »

Éléonore était plus inquiète : « Un bébé toute seule, sans être mariée ?... Qu'est-ce que les gens vont dire ? Ça me fait peur ! Et puis papa ?

– Oh ! mon ange, on est là, tu verras comme on t'aidera. Réjouis-toi, ce bébé est un cadeau du ciel. Un cadeau de La Nouvelle-Orléans, de La *Niouorlinz*, comme disait Jim !... »

L'accent d'Angèle parvint à arracher un sourire à Éléonore, mais ne la rassura pas complètement : que diraient ses parents ? Comment leur annoncer la nouvelle ? Le soir même, elle écrivit à sa mère et à son frère, comptant sur eux pour prévenir Arsène. Dans le même temps, Angèle vint l'excuser auprès des Tourterelles : « Éléonore ne peut plus jouer ni diriger : elle attend un bébé, son oncle et moi, on ne veut pas qu'elle se fatigue... »

Cécile sortit son mouchoir de dentelle et, essuyant très dignement le coin de ses yeux, elle annonça fièrement : « Mes chéries, vous avez entendu Angèle ? La naissance est pour bientôt, alors mettez-vous au tricot ! Pas question qu'un enfant de Tourterelle n'ait rien à se mettre en arrivant au monde ! »

Le ventre d'Éléonore s'arrondissait et chaque jour, pour conserver sa force, elle pratiquait les exercices respiratoires préconisés par Alphonse Sax. Le petit qui bougeait dans son ventre lui rappelait sans cesse Jim, dont elle n'avait aucune nouvelle depuis son départ. En revanche, son frère lui écrivait souvent et ses courriers lui apportaient un vrai réconfort : « Maman et moi, on est heureux et on te souhaite d'avoir un beau bébé. Prends soin de toi et du petit à venir. Nous t'embrassons très fort, je suis sûr que papa aussi, mais tu le connais, il est furieux que le père de ton enfant soit déjà reparti aux États-Unis... Cela passera, petite sœur, ne t'inquiète pas. »

Malgré la colère de son père, Éléonore se sentait soutenue par Angèle et Gervais, les Tourterelles et Joseph : elle attendait ce bébé avec impatience ! Elle tricotait, peignait des meubles et avait aménagé un coin de sa chambre pour accueillir l'enfant de Jim.

CHAPITRE 13

Naissance d'une gambilleuse

Aux premiers jours de l'été 1879, Éléonore mit au monde une jolie petite métisse qu'elle prénomma Carmel.

Gervais et Angèle avaient déserté la blanchisserie et attendaient fébrilement, derrière la porte de la chambre, que la sage-femme les laisse entrer. Angèle se pencha la première au-dessus du berceau :

« Oh, qu'il est beau ! » s'écria-t-elle entre deux larmes de joie. La sage-femme la reprit : « C'est une fille, madame !

– Tu as vu, Gervais, ces yeux comme des diamants noirs, et sa jolie peau toute dorée ? » s'enthousiasma la nouvelle grand-tante.

– Le prénom de Carmel lui va à ravir ! » s'émerveilla son mari, en serrant Éléonore, épuisée mais heureuse, dans ses bras.

De retour au magasin, Angèle et Gervais affichèrent un joli faire-part au-dessus de la caisse :

« La blanchisserie a une nouvelle petite pensionnaire qui pèse quatre kilos. Sa maman Éléonore est fière d'elle, et nous aussi. Elle s'appelle Carmel. »

Les fidèles clients la comblèrent de présents.

Les mauvaises langues n'avaient qu'à se tenir tranquilles ! Elles ne manquaient pourtant pas, une fois de plus, de demander : « Où donc est passé le papa ? Et comment la maman, avec une peau si blanche, a-t-elle accouché d'un bébé de couleur ? »

Angèle balayait ces médisances de commères d'un revers de la main. « Ma petite-nièce est une enfant de l'amour, écoutez comme elle gazouille ! »

Éléonore avait installé son berceau derrière un rideau tout près du comptoir – Angèle pouvait ainsi veiller sur elle et lui parler, tout en continuant à servir les clients. De son côté, la jeune mère travaillait sans relâche, repoussant sans cesse le jour où elle irait finalement présenter sa fille au reste de la famille.

*

Quelques mois plus tard, Éléonore reçut une longue lettre de Paul. Pour la première fois, il ne cachait plus la gravité de son état :

« Si tu savais, petite sœur, j'ai les poumons à l'agonie, je suis de plus en plus affaibli... Alors, s'il te plaît, viens vite, je voudrais serrer ma petite nièce dans mes bras. En apprenant qu'il était grand-père, papa a simplement soupiré : "Ah, si au moins ma fille nous avait pondu un petit garçon !"

Il continue à dire qu'il ne te parlera plus. Mais il finira bien par se calmer. »

Éléonore froissa la lettre nerveusement. Angèle, très en colère contre son frère, conseilla tout de même à sa nièce de faire le premier pas : « Ton père exagère, comme d'habitude, mais dès qu'il verra la petite il changera d'avis. Pense à Amélie : comme elle sera contente de voir sa petite-fille ! Et si ton frère te demande de venir, c'est qu'il faut y aller... »

Le lendemain matin, un télégramme arriva : Paul avait succombé à sa mauvaise santé. Éléonore pleura celui qui lui avait toujours fait confiance, qui l'avait soutenue contre son père, qui l'avait protégée et encouragée à aller au bout de ses rêves. Il avait toujours été là, malgré la distance qui les séparait. Combien de fois avait-elle hésité à aller le voir en cachette d'Arsène, car lui n'avait même plus la force de faire le voyage jusqu'à Paris ? Bien sûr, ils s'étaient écrit régulièrement au cours de ces années... Il lui restait les lettres... Mais elle s'en voulait atrocement de ne pas avoir revu son frère.

Ce fut la petite qui lui donna la force de partir à l'enterrement. Sa jolie Carmel gazouillait allégrement et voulait déjà marcher, alors qu'elle avait tout juste dix mois ! À elles deux, elles seraient bien de taille à affronter Arsène...

Gervais, le cœur gros, les déposa à la gare du Nord. Il revoyait l'enfant frêle qui lui avait tendu la main, des années plus tôt. Il pensa à son neveu, si protecteur, qu'on avait forcé à grandir loin de sa sœur, chaque année plus affaibli par la maladie, et qui ne s'en était jamais plaint.

Une fois installée dans le compartiment, Carmel cristallisa l'attention de tous les voyageurs, distribuant généreusement des sourires à sa mère et aux autres passagers.

« C'est à vous, ce p'tit bout de chocolat au lait ? »

Éléonore ne sut que répondre, se demandant si la remarque était affectueuse ou perfide. Mais le reste du voyage se passa sans autre commentaire ; tandis que Carmel, assise sur les genoux de sa mère, tapotait le carreau, Éléonore lui décrivait le paysage.

Émile, le chef des Crickmouils, était venu les chercher à la gare avec Amélie.

La mère et la fille restèrent un long moment silencieuses, à mélanger leurs larmes sur le quai de la gare, tandis qu'Émile se mouchait bruyamment. Carmel s'accrochait obstinément au cou de sa mère, apeurée à la vue de ces nouveaux visages. Lorsque Émile lui tendit une poupée de chiffon, elle retrouva son sourire. Amélie sécha ses joues et tendit la main vers sa petite-fille.

« Qu'elle est jolie, cette enfant ! Et que c'est bon de te revoir, ma chérie... Comme tu m'as manqué ! »

Carmel poussant des cris d'impatience, le chef des Crickmouils les pressa vers la voiture, devant la gare.

Émile aussi était ému : « Sacrée Éléonore, à ne jamais rien faire comme les autres ! Et mademoiselle haute comme trois pommes qui me sourit, par-dessus le marché ! »

Émile avait toujours adoré les enfants, mais il n'en avait eu qu'un : un grand dadais qui n'aimait pas la musique.

Carmel se cachait maintenant contre sa grand-mère, qui serrait fièrement ses petits doigts. Elle pleurait de joie et de chagrin mêlés, et laissa échapper : « Oh, si seulement ton frère avait pu voir cette jolie princesse ! »

À peine arrivée à la maison de brique de la rue des Chats-Bossus, au coin de la place du Lion, Amélie sortit du tiroir de la commode toutes les merveilles qu'elle avait tricotées pour sa petite-fille. Elle tendit aussi à Éléonore un paquet que Paul avait laissé avant de mourir et sur lequel il avait écrit à la plume : « Pour Carmel, petite Marquise de Montmartre ».

Lorsque Éléonore défit l'emballage, elle trouva un beau livre de contes : *Les Musiciens de la ville de Brême,* illustré en ombres chinoises. Que de fois, dans leur enfance, le frère et la sœur s'étaient arrêtés pour contempler ce livre qui trônait dans la vitrine de l'épicerie du coin de la rue... En feuilletant les pages, elle découvrit que l'âne, le chien, le chat et le coq n'étaient jamais arrivés jusqu'à Brême...

Entre retrouvailles et souvenirs, gaufres et embrassades, jeux et histoires, le soir arriva, et avec lui Arsène Leblanc. Il ôta sa lourde veste et ses godillots, enfila ses pantoufles usées, salua sa femme d'un baiser sur le front, mais n'eut pas un mot, pas un regard pour Éléonore, qui se tenait aux côtés de sa mère. Furieuse, la jeune femme songea à repartir sur-le-champ.

Amélie posa une main sur le bras de sa fille, comme pour empêcher tout geste brusque. Selon ses habitudes, Arsène s'assit sur un coin du lit. Soudain, il découvrit Carmel : en se laissant tomber brusquement, il l'avait réveillée. La petite sursauta et ouvrit les yeux. Elle regarda avec étonnement son grand-père, et lui offrit le plus beau des sourires. Devant tant d'innocence, il se sentit un peu bête. Il tendit la main, comme pour jouer. L'enfant semblant vraiment amusée, il lui ouvrit les bras. Carmel répondit à son invitation et s'approcha sans crainte de son grand-père. Amélie et Éléonore n'en revenaient pas. En un clin d'œil, la petite avait amadoué le vieux grincheux, cet homme meurtri qui venait de perdre son fils. « Elle a un menton Leblanc, ma foi, mais pour le reste elle n'est pas vraiment du coin », furent les premières paroles d'Arsène.

Carmel se mit à tirer sur le gilet du vieil homme, puis s'installa sans plus de manières directement sur ses genoux. Définitivement conquis, il abandonna ses grands principes, fit taire ses préjugés et adressa un premier regard à sa fille.

« Elle est plutôt remuante, cette gamine ! Elle ne va quand même pas nous jouer du piston, celle-là ? »

Sans attendre la réponse d'Éléonore, il calma l'agitation de Carmel en lui faisant faire la balançoire, puis les mouvements de *Bateau sur l'eau*. La petite, la tête renversée, riait aux éclats. Au moment de passer à table, le grand-père la garda sur ses genoux. Il lui fit manger à la cuiller la délicieuse purée préparée par Amélie, puis il la coucha dans le berceau qui avait servi à sa mère, non sans lui avoir chanté *Le P'tit Quinquin*.

Amélie prit la main d'Éléonore et lui chuchota : « Tu vois, ça valait le coup de venir ! Depuis trois jours, ton père ne mangeait rien ! »

« Il me faudra plus de trois jours, pensa Éléonore, pour pardonner à papa... En tout cas, ma fille connaît aujourd'hui ses grands-parents ! »

CHAPITRE 14

Derniers cancans de Montmartre

L'oncle Gervais avait décidé qu'il ferait de sa petite Carmel une femme cultivée.

« Regarde, ma princesse, comme elles sont belles, ces lettres. Le *A* se dresse sur ses deux pattes et laisse couler l'eau sous sa passerelle... »

C'était le seul moment où Carmel restait calme. Sinon, la fillette était un véritable ouragan. Dans le quartier, on chuchotait sur son passage : « Cette petite est électrique, vous avez vu comme elle se tortille ! »

Un soir, Angèle annonça, triomphante, à Éléonore qui passait rechercher sa fille qu'une école venait d'ouvrir au 62 de la rue Lepic et que ce serait bien d'y inscrire Carmel.

« Tu sais bien que je n'ai pas l'argent, tante Angèle ! »

Éléonore s'excusait d'avance de ne pas pouvoir donner à sa fille l'éducation qu'elle méritait.

La tante Angèle ne laissa pas à sa nièce le temps d'hésiter : « Mais c'est gratuit : c'est une école de Jules Ferry ! »

Le lendemain, un 2 septembre, Carmel, âgée de six ans, arrivait, escortée de sa mère, de son grand-oncle et de sa grande-tante, à l'école. On l'accueillit en dixième, la classe de lecture, en même temps qu'un gamin roux qui semblait aussi agité qu'elle.

« Francis Pommard, venez donc ici sous le préau ! Carmel Leblanc, présentez-vous également ! » ordonna la directrice.

Le rouquin devint le meilleur ami de Carmel. Avec lui, elle faisait voguer des bateaux en papier dans le caniveau, elle descendait de la Butte à toute vitesse, parfois ils allaient jouer devant le château des Brouillards, lieu de rendez-vous des enfants du quartier. Un jour, Carmel trébucha et tomba sur l'étalage de tableaux d'une marchande de couleurs en prenant trop vite le tournant de la rue de Montmorency-Laval, où l'attendait le petit Pommard : les tableaux étaient tous déchirés, et les deux petits s'enfuirent à toute vitesse. Ils étaient connus comme les chenapans du quartier, le rouquin et la métisse, jamais l'un sans l'autre. Elle le consolait lorsqu'on le traitait de « sale rouquin », et lui la défendait dans la cour de récréation quand les plus grands chantaient à tue-tête :

Une petite négresse qui buvait du lait
Ah, se disait-elle, si je le pouvais

J'tremperais ma figure dans un bol de lait
Je serais plus blanche que tous les Français !

Gervais suivit attentivement les premiers pas de Carmel à l'école. Il était le premier devant la grille à attendre la cloche et, quand sa « petite Marquise » avait bien travaillé, il l'emmenait au jardin des Tuileries à la séance de Guignol, ou à l'angle de la rue des Martyrs et du boulevard de Rochechouart pour voir le cirque Fernando.

Carmel avait hérité du rire sonore de son père et du caractère bien trempé de sa mère. Quand elle comprit que le *l* et le *a* formaient « la », elle décida qu'elle savait lire.

« Maintenant, je veux faire rien que de la musique, c'est ce que je préfère. »

Gervais essayait de la raisonner : « C'est beau, les mots, tu sais. Grâce à eux, tu auras un vrai métier.

– Les notes, c'est encore plus beau. Avec la musique, on part en voyage. » Carmel sortit de sa poche son petit harmonica. Gervais le lui avait offert pour Noël et, depuis, la petite ne lâchait plus son instrument.

« Si tu veux jouer, il faut apprendre les notes.

– Comme papa et maman ? » Carmel ne manquait jamais une occasion de faire enrager son grand-oncle : sa mère et son père étaient des « toutaloreilles ».

Éléonore lui avait conté la légende de Jim, sa trompette ensorcelée, leur amour joyeux et son départ précipité.

« Il ne pouvait pas rester à Paris, ton papa ! Tu sais, ma chérie, dans la vie, tout va parfois plus vite que la musique. »

Carmel avait affiché au-dessus de son lit l'unique carte postale que le beau Jim avait adressée à sa mère. On y voyait un bateau avec une grande roue sur un fleuve qui paraissait immense : « Je pense à toi trop beaucoup, Marquise of Paris, *Kisses and love from Jim Mississippi.* » Chaque soir, la petite lui envoyait un baiser avant de s'endormir.

Gervais finit quand même par faire admettre à Carmel qu'avec des cours elle pourrait jouer du cornet à pistons, comme sa mère.

Il se donna à peu près autant de mal pour convaincre monsieur Adolphe Sax en personne de lui enseigner les rudiments du solfège.

« Vous savez, moi-même, je n'ai jamais pris de leçon ; j'ai été enfant de chœur à Sainte-Gudule, j'ai regardé mon père quand il jouait du serpent, mais je n'ai pas fait le conservatoire, comme mon frère. C'est Alphonse qui était premier prix de flûte, pas moi. Si la petite a de l'oreille, elle apprendra toute seule, comme sa mère !

– Allons, monsieur Sax, moi, je sais bien que vous avez enseigné au Conservatoire national, alors notre petite Carmel ne peut pas rêver meilleur professeur. Et puis ça vous fera de la visite ! »

Le vieil inventeur avait fini par céder. Chaque mercredi soir, après l'école, Carmel dévalait la rue Lepic et la rue des Martyrs, saluait au passage tous les commerçants (qui ne connaissaient qu'elle), attrapait chez sa grande-tante le cornet de sa mère et, enfin, filait au 50 de la rue Saint-Georges. Adolphe l'attendait dans son petit salon. C'était là qu'il passait ses journées, à dessiner. Il reprenait sans cesse chacune de ses inventions, cherchait de nouveaux matériaux plus simples à travailler, plus solides, pour éviter, par exemple, que l'humidité n'attaque les tampons. Améliorer, perfectionner et démontrer au monde entier que le souffle, c'était la vie. Mais maintenant que son fils tenait la manufacture, Adolphe s'ennuyait. Depuis que Succès était morte, son seul petit oiseau des îles, c'était Carmel.

« Les notes se promènent sur une grille qu'on appelle une portée. En bas, là, c'est le *do*, les Anglais l'appellent *C*, expliquait monsieur Adolphe.

– C'est le *do* », répétait Carmel.

Elle se montrait sage, appliquée et très douée.

« Tu as une bonne oreille, c'est de famille ! » Mais contrairement à sa mère, Carmel supportait les couacs.

Pour ses sept ans, Angèle et Gervais invitèrent la moitié du quartier : les Tourterelles bien sûr, mais aussi leurs nouvelles amies. Ninon travaillait depuis quelques mois au Mirliton, un petit cabaret fondé par un grand artiste,

Aristide Bruant, chanteur réaliste et populaire et fidèle client de la blanchisserie. C'est là qu'elle se lia d'amitié avec les danseuses vedettes de l'Élysée-Montmartre. Elles avaient des noms de scène cocasses : la Goulue, Grille d'Égoût, la Môme Fromage et Nini Pattes-en-l'air, mais s'appelaient en fait Louise, Paulette, Jeanne et Blanche.

Il y avait donc ce soir-là, dans la blanchisserie, toute une assemblée joyeuse et excentrique pour célébrer l'anniversaire de Carmel.

Monsieur Sax lui offrit un saxophone alto. Un instrument spécialement fabriqué pour elle et signé de son inventeur, un spécimen breveté de la maison militaire de l'empereur, avec un saphir en forme de cœur incrusté dans le pavillon. Pour Carmel, c'était le plus beau cadeau du monde. Elle demanda à sa mère de l'aider à le porter ; devant la grande tablée, elle sortit le premier son rauque de ce qui allait devenir son plus fidèle compagnon.

« Ma parole, tu souffles juste, petite Marquise. »

Éléonore était émue de voir que son petit caramel avait un si bel instinct de musicienne.

« Heureusement, maman, que je n'ai pas fait de fausse note, sinon tu te serais évanouie ! »

Éléonore lui répondit par un clin d'œil. « Alors fêtons ça en dansant ! »

Angèle commença à déplacer les chaises. Après une

démonstration collective de la « danse du gâteau », transmise par Jim, Nini Pattes-en-l'air donna à tous une leçon de cancan. Finis les rhumatismes de la grande-tante, les peines de cœur maternelles et le grand âge du professeur de solfège ! Ils lançaient tous la jambe vers le plafond ! Carmel aux cheveux d'or, gambadeuse, gambilleuse et reine de la soirée, applaudissait à tout rompre ! La Goulue menait le bal, criait, riait et tournoyait au bras de la Môme Fromage. Les autres formaient la farandole. Monsieur Sax avait enlevé sa veste et tenait bien serrée la taille de Cécile. Gervais valsait avec Carmel dans les bras, Joseph faisait sautiller Angèle, qui transpirait à grosses gouttes. Éléonore riait de bon cœur, comme elle n'avait pas ri depuis longtemps. Et toutes reprirent en chœur les paroles de la chanson *À la Goutte-d'Or* d'Aristide Bruant :

Elle était encor' demoiselle,
Grand-Maman, la belle Isabelle,
Quand elle épousa l' grand Nestor,
À la Goutte-d'Or...

Le lendemain, la blanchisserie avait retrouvé son sérieux et son calme, mais Angèle, qui avait peu dormi, houspillait les râleurs : « Si vous êtes très pressé, vous n'avez qu'à repasser », avait-elle vivement conseillé à un client qui s'impatientait. Les repasseuses s'étaient tournées pour ne pas éclater de rire devant lui.

Ponctuelle, à son habitude, Éléonore avait pointé à huit heures chez Selmer, son nouveau patron. Elle avait accueilli comme une aubaine l'offre du jeune Henri Selmer. Musicien de cavalerie, il cherchait un spécialiste des anches pour former tous les apprentis de la nouvelle manufacture qu'il venait de créer à Montmartre, au 4 de la villa Dancourt.

Ce retour à son premier métier était pour Éléonore une forme de renaissance. Elle retrouvait l'enthousiasme de ses débuts avec des passionnés qui, comme Sax quarante ans plus tôt, se lançaient dans la grande aventure de la fabrication d'instruments à vent. Pour l'instant, chez Selmer, on ne produisait que des becs et des embouts, mais les commandes allaient bon train et l'atmosphère, à l'atelier, était besogneuse mais joyeuse.

Éléonore posait pour le peintre Auguste Renoir quelques jours par mois. Elle l'avait rencontré un dimanche, au Moulin de la Galette. Aidé de deux amis, il transportait alors dans une voiture à bras l'immense toile qu'il était en train de peindre. Mais ce jour-là, le vent souffla si fort que le grand châssis sur lequel était presque achevée une scène de bal faillit s'envoler, tel un cerf-volant au-dessus de la Butte... Éléonore se précipita pour rattraper la toile et aida Renoir à la transporter jusqu'à son atelier. Tandis qu'elle admirait tous ses tableaux, le peintre lui demanda de poser pour lui.

Renoir l'appréciait beaucoup. Avec sa taille de roseau, elle avait plus d'allure que les danseuses de vingt ans qui faisaient le modèle pour se payer des chaussons – et surtout, elle avait plus de conversation. Il écoutait ses confidences avec tendresse, l'encourageant à ne pas perdre confiance en cet amour lointain dont elle parlait encore avec de la tristesse dans la voix. Elle lui expliqua qu'elle mettait tous ses sous de côté, entre deux piles de linge, dans l'armoire de tante Angèle ; elle rangeait ses billets en prévision du jour où... peut-être... elle ferait le grand voyage avec Carmel, pour retrouver Jim, sa musique et ses histoires à dormir debout. Elle restait inconsolable et, même s'il ne donnait plus de nouvelles, elle pensait à lui chaque soir. Plusieurs fois elle avait refusé les avances de camarades d'atelier ou d'artistes du quartier.

Jim était parti, mais elle pensait toujours à lui. Elle se figurait les champs de coton, là-bas, près de La Nouvelle-Orléans, les grands arbres aux sorcières dont Jim lui avait parlé, elle le voyait jouant de la trompette cabossée sur un bateau à roue comme celui de la carte postale. Elle vivait avec un fantôme et, avec le peu de temps que lui laissaient sa fille, son travail et les répétitions, c'était finalement mieux comme ça. Elle habitait en France, mais son cœur avait traversé l'Atlantique. En Amérique, tout était plus beau et bien plus grand encore que cette tour Eiffel métallique et colossale, avec ses pattes de girafe, qui sortait de terre sur le Champ-de-Mars et dont tout le monde parlait à Paris !

Bercée par les histoires nostalgiques de sa mère, Carmel se plongeait dans ses rêves d'enfant de dix ans, peuplés d'éléphants d'Afrique, d'oiseaux multicolores, de crocodiles féroces... Elle imaginait, près d'un grand fleuve, ce père qu'elle ne connaissait pas qui lui tendait les bras en disant : « Viens, viens me voir, ma Carmel. C'est moi, Jimmy, ton papa ! »

Sa mère, tous les soirs, lui lisait le livre de l'oncle Paul, que Carmel terminait en disant que l'âne, le chien, le chat et le coq jouaient du cornet, de la trompette, du saxophone et de la clarinette dans une fanfare de La Nouvelle-Orléans...

Un soir, elle demanda : « Dis, maman, elle est où, la ville de papa ?

– De l'autre côté de l'océan... T'en fais pas, petit ange, on ira... »

Éléonore parlait de plus en plus souvent de leur « grand voyage ». Joseph lui avait rapporté des revues du Havre avec les horaires et les tarifs des bateaux.

Un an plus tard, au cours d'un dîner à Pigalle, dans son restaurant préféré, Le Rat Mort, Adolphe Sax fit part à Éléonore de son nouveau projet : « Ma chère petite, j'ai besoin d'une commissionnaire. Mr Conn vient de m'acheter mon brevet, il veut les plans du saxophone, et je ne fais pas confiance aux colis postaux pour ce genre de transport.

– Vous voulez m'envoyer en Amérique !?

– Oui, je veux vous confier les plans. Vous les porterez à Conn, dans l'Indiana. Vous resterez le temps qu'il réalise un premier modèle, vous contrôlerez tout et, après, vous pourrez peut-être aller faire une petite visite du côté de La Nouvelle-Orléans ! »

En guise de réponse, Éléonore se mit à pleurer. Des larmes douces, chaudes, des larmes de peur et d'espoir.

« Mais ça va prendre des mois, je ne peux pas laisser Carmel !

– Non, bien sûr ! »

Adolphe avait compris qu'il ne fallait pas brusquer les choses, mais il risqua tout de même un avis : « Je me disais que Carmel était en âge de rencontrer son père... »

Éléonore était bouleversée et murmurait plus qu'elle ne répondait : « Je sais que vous avez raison. J'y ai pensé mille fois. Elle serait folle de joie, mais je crains qu'elle ne soit déçue. Elle en a tant rêvé... »

Monsieur Sax avait réfléchi à la question pendant plusieurs jours et calculé quelle somme il lui faudrait trouver pour financer leur voyage. Son fils, qui avait repris ses affaires, était d'accord pour se lancer à la conquête de l'Amérique. Voyant le trouble de sa protégée, Adolphe lui prit affectueusement la main.

« Partez pendant qu'il en est encore temps ! C'est le moment de changer de cap, Éléonore ! Celui qui part réveille sa chance. C'est ce que disait mon père et, à moi, ça m'a réussi. N'ayez ni regrets ni remords. Ah, si seulement je n'étais pas si vieux : je partirais avec vous ! »

Comprenant que ce genre de décision ne pouvait se prendre à la légère, il lui rappela qu'elle avait un vrai métier et insista sur les retombées d'un tel voyage pour sa fabrique : « Je lis dans les journaux que la concurrence devient féroce en Amérique. Conn prétend que mon saxophone sera le roi de l'orchestre là-bas. Carmel, qui a de qui tenir en matière de musique et d'oreille, ferait une bien belle ambassadrice... »

C'est en mère soucieuse de l'avenir de sa fille qu'Éléonore, tout émue, finit par accepter la proposition du bon vieux monsieur Sax.

Elle adressa une longue lettre à ses parents, dans laquelle elle prit bien soin de leur expliquer que ce voyage était sans danger. Pour l'Amérique, elle avait de l'argent, une adresse, un ami de monsieur Sax qui l'attendait, et elle serait de retour dans quelques mois. Carmel avait ajouté une simple ligne : « Papi et mamie chéris, je suis contente d'aller voir mon papa. Vivement l'Amérique. »

Éléonore reçut en retour une lettre qu'elle serra sur son cœur, car elle portait une double signature : « Ton père et ta mère qui t'aiment. » Elle s'empressa de la ranger dans le tiroir où elle conservait tous les courriers de Paul.

Le départ fut fixé après le Bal des maladies de peau, prévu à l'Élysée-Montmartre, le music-hall redevenu à la mode boulevard de Rochechouart. La consigne de la soirée était de danser tout en se grattant.

Sur scène, la Goulue, Nini Pattes-en-l'air et la Môme Fromage se trémoussaient en tous sens pour tenter de convaincre l'assistance des vertus de cette nouvelle danse. Éléonore, la cornettiste, faisait partie de l'orchestre, avec sa tante Angèle, tubiste au coffre épatant.

On en vint ensuite à des chorégraphies plus classiques. L'orchestre joua *Le Mariage d'un piment*, le quadrille préféré de Carmel, puis la « polka patraque ». Entre deux danses, Éléonore demanda le silence.

« Avant de partir pour le Nouveau Monde, je voudrais dédier ce morceau à ceux que j'aime et qui ne sont plus là. Alors, pour toi Camille, pour toi Louise et pour toi ma Rita, nous allons vous interpréter *Angèle Swing*. »

Au premier rang, un homme dit alors : « Vous savez qu'il est mort, celui qui a dénoncé la rouquine ?

– Non, firent ses voisines. C'était qui ?

– Henri-Pierre Tripp, le photographe ! C'était un assassin ! Ils l'ont guillotiné !

– La bascule à Charlot, c'est tout ce qu'il méritait ! »

Éléonore entendit l'échange très distinctement et, se tournant vers Angèle, elle chuchota : « C'était un sale type, on l'a toujours su. Allez, on swingue, mais si ! »

Angèle s'essuya les yeux d'un geste discret et lâcha les premières notes au tuba. Les fanfaristes rendirent hommage à la belle Rita avec des trémolos de cuivres, puis enchaînèrent des rythmes de plus en plus endiablés.

Cette soirée de folie fut inoubliable. Dans une ambiance surchauffée, hommes et femmes de Montmartre et d'ailleurs se grattèrent et dansèrent la polka, le scottish, le quadrille et le cancan du soir au petit matin !

TROISIÈME PARTIE

CHAPITRE 15

Hélas donc, en avant !

« Celui qui part réveille sa chance », se répétait Éléonore pour ne pas flancher. Ce n'était plus le moment. Les préparatifs allaient bon train : Angèle avait mis en vente sa bague de fiançailles, Adolphe l'un des derniers instruments de sa collection. Les Tourterelles s'étaient aussi cotisées pour que les « Marquises », comme on les appelait désormais, aient de quoi séjourner à La Nouvelle-Orléans.

Joseph insista pour accompagner Éléonore à l'agence de la Compagnie générale transatlantique, rue Auber, pour y acheter les billets. La préposée lui vanta d'abord les mérites du paquebot à vapeur par rapport aux grands voiliers.

« Sept à dix jours au lieu de trente-cinq à quarante, cela change tout ! Je ne sais pas si vous partez pour affaires... mais, comme on dit aux États-Unis, *time is money*... »

L'accent de la dame avait des saveurs de Montmartre, peut-être même une pointe de Belleville. Elle s'empressa de traduire son bon mot : « Le temps, c'est de l'argent ! Vous comptez voyager en quelle classe, que je vous explique les différences de tarif et de services ? »

Éléonore ne s'était pas posé la question en termes de confort. Elle interrogea Joseph du regard.

« Troisième, peut-être seconde, ça dépend du prix ! »

Éléonore avait pris l'habitude de compter sur Joseph. Il vivait maintenant avec Cécile, c'était certain, mais ces deux-là étaient ses amis les plus proches, toujours prêts à l'aider. Depuis qu'elle avait pris la décision de partir, elle se sentait plus seule, plus vulnérable.

« C'est pour un aller simple ? »

L'employée avait sorti son beau dépliant, celui qui vantait la douceur de la traversée de l'océan, les salons d'acajou, le pont panoramique où un orchestre classique jouait en plein air. Pas le temps de s'ennuyer, disait le prospectus.

« Deux allers, elle part avec sa fille. »

Joseph prit les choses en main. Non, elles ne savaient pas si elles reviendraient, ni quand. « Oui, elles partent seules, je... »

Cette femme était vraiment bien trop curieuse. Au bout d'une bonne demi-heure de questions, ils avaient enfin les billets : cinq Paris-Le Havre en train pour Éléonore, sa fille, Angèle, Gervais et Joseph ; trois Le Havre-Paris pour ces derniers ; et deux allers simples Le Havre-New York en paquebot. Éléonore sortit tout son argent : soixante-quinze francs pour le train, trois cent vingt pour le bateau en troisième classe.

Joseph lui proposa une petite halte chez Riche, un café des Grands Boulevards, avant de partir à l'assaut de la préfecture de police.

L'interrogatoire au guichet de la préfecture replongea Éléonore dans une réalité qu'elle avait tenté d'oublier : « Carmel Leblanc, c'est votre fille ? Née de père inconnu, c'est cela ? »

La préposée, ne lui épargnant aucune humiliation, parlait bien fort pour faire profiter le reste de la salle de ses questions.

Puis, détaillant la photo de Carmel, elle lança perfidement : « Elle est bien foncée, votre petite ! Il n'était pas étranger, peut-être, ce père inconnu ? »

Cette fois, c'est Joseph qui faillit perdre son sang-froid : « Madame vous a déjà répondu que la petite n'a pas de père. Ces messieurs-dames peuvent tous témoigner.

– Vous, je ne sais pas qui vous êtes, mais si je pose cette question à *mademoiselle* (elle avait bien insisté sur le “mademoiselle”, ne réservant le “madame” qu'aux femmes mariées), c'est que, depuis le décret du mois de mars, les lois ont changé. »

Et, sortant de son tiroir un papier officiel, elle se mit à lire : « “Les enfants nés en France de mère française et de père étranger seront considérés comme étrangers. Ils prendront, dès la naissance, la nationalité de leur père…” »

Éléonore avait les larmes aux yeux et s’apprêtait une nouvelle fois à jurer que Carmel n’avait pas de père, quand un employé du guichet voisin vint à son secours : « Émilienne, je crois que vous faites du zèle. Donnez-moi le dossier de madame, je m’en occupe ! »

L’Émilienne en question ronchonna un peu, mais transmit finalement les papiers à son supérieur. Trois coups de tampon plus tard, Éléonore et Joseph repartaient avec le récépissé pour aller chercher les passeports et une fiche à l’usage des futurs immigrants.

« Lisez-la bien, car l’administration américaine est pire que la française, leur avait conseillé le préposé bienveillant en montrant de la tête sa voisine de comptoir. On vous refoulera si vous souffrez de maladie, si vos dents sont abîmées, si vous buvez, si vous boitez. Bref, les Américains ne veulent que les riches et les ouvriers bien portants ! Et pareil pour votre fille ! Elle a dix ans tout juste ; s’ils n’en veulent pas, ils la renverront par le même bateau ! »

Éléonore n’était pas loin de flancher, et le fonctionnaire le sentit.

« Pourquoi ne partez-vous pas plutôt en Algérie ? La France vous aidera, et là-bas il y a tout à faire…

– Non, elles veulent vraiment partir en Amérique ! » répondit fermement Joseph en saluant le préposé.

Une fois à l'extérieur, Éléonore s'appuya sur le bras de son ami et lui dit tendrement : « Merci, franchement merci. Sans toi, je ne sais pas ce que j'aurais fait ! »

Joseph promit de revenir seul pour chercher les papiers.

*

Trois jours plus tard, la blanchisserie, l'école de la rue Lepic, le quartier tout entier, bref, une bonne moitié de Pigalle et de Montmartre était en ébullition. La famille Leblanc partait à treize heures pour Le Havre, et des délégations entières venaient saluer les voyageuses.

Farewell, France ! Direction la gare Saint-Lazare, le chemin de fer avec Joseph, tante Angèle et oncle Gervais, ce dernier tout de même un peu nerveux... « Figurez-vous, mes petites, que je n'ai jamais pris le train. Vous parlez d'un vieux schnock ! »

Une fois montés dans le train, comme pour se donner du courage, il sortit la bouteille de vin qu'Angèle avait glissée dans le panier du pique-nique.

« Au grand départ ! À l'Amérique, à vous, mes belles voyageuses ! s'exclama-t-il en levant son verre.

– Carmel, tu trempes seulement tes lèvres », précisa Éléonore.

Sitôt le déjeuner terminé, Angèle posa sa tête sur l'épaule de Gervais et tous deux finirent par s'assoupir. Ils furent réveillés au bout de trois heures par les cris de Carmel : « Regardez là-bas ! Ça y est, j'ai vu la mer ! »

Joseph, qui se souvenait très bien de la pêche au goémon avec son père au pied du Mont-Saint-Michel, fut obligé de la contredire : « Non, ça, c'est la Seine, le même fleuve qu'à Paris. Il est bien moins large, bien moins grand que l'océan mais, si on le suit, on arrive direct à la mer, car il se jette dedans ! »

Un peu déçue, Carmel continua de monter la garde, le nez collé à la vitre.

Le train s'arrêta bientôt dans la gare maritime du Havre en construction. Là, à travers une petite fente entre deux planches de la palissade du chantier, Carmel aperçut ce qu'elle attendait depuis Paris. Elle se tourna vers Joseph en faisant voler ses boucles : « Et là, ce que je vois, c'est quoi ?

– Oui, c'est bien la mer, la grande, la verte, la toute salée ! »

Il n'aurait pas dû dire cela : Carmel s'était échappée, se faufilant entre les passagers, et dévalait déjà le quai jusqu'en bas. Éléonore n'eut pas le temps de crier, sa petite fille enfonçait toute sa main dans l'eau et portait ses doigts à sa bouche pour goûter.

« C'est vrai qu'elle est salée ! » hurla-t-elle en recommençant son manège, pour le plus grand bonheur de tous, ravis de voir la petite si heureuse.

Le soir, tout le monde se retrouva dans l'immense salle de l'Hôtel des Émigrants. Six grandes tables de quarante couverts avaient été dressées. De jeunes serveuses passaient la soupe et apportaient du pain et du vin. Ensuite, on se partagea le lard, puis une pomme pour tout dessert. On ne pouvait appeler cela un festin et, la pomme terminée, Gervais se mit à râler : « À deux francs le repas, t'imagines ! Y a au moins trois cents couverts... C'est pas en Amérique qu'on peut faire fortune, c'est ici ! »

Carmel avait déjà repéré un très jeune garçon qui gardait précieusement son accordéon sur ses genoux.

« Moi, je joue du saxophone, et ma maman du piston ! Tu prends le bateau avec nous ?

– *Jó napot kivánok !* » répondit-il en souriant.

Cela voulait dire « Bonjour, ça va » en hongrois, mais Carmel l'ignorait. Elle pointa du doigt l'accordéon, puis, en articulant bien chaque son, elle dit lentement : « A-ccor-dé-on » !

Il répéta gentiment, comme il put : « A-co-di-o... », et, tentant de prolonger l'échange, il articula à son tour en désignant son instrument : « Har-mo-ni-ka ! »

Carmel se mit à rire. Elle partit fouiller dans le sac de sa mère, revint avec son harmonica et montra à son nouvel ami à quoi ressemblait vraiment, selon elle, un harmonica.

Lui s'entêta à jouer de son instrument, mais il tendit aussi la main vers le sien. Elle refusa de le lui donner. Sa première approche du hongrois commença sur cette fausse note : un même mot pouvait désigner deux instruments complètement différents selon la langue employée.

Le *Gascogne*, le bateau sur lequel Éléonore et sa fille devaient embarquer, était annoncé pour le lendemain. Le paquebot arrivait de Hambourg et devait rejoindre New York en sept jours, mais un bulletin affiché sur le mur de la capitainerie annonçait des vents de force six. Après une nuit presque paisible dans le large dortoir où ils dormirent tous, les femmes furent convoquées à la visite médicale.

Dans une grande salle s'entassaient des émigrants de toute l'Europe, fuyant la misère et les persécutions : Irlandais, Italiens du Sud, Grecs, Arméniens, juifs russes et polonais. Ces derniers prétendaient que si l'Atlantique Nord était l'océan le plus salé du monde, c'était à cause des harengs et des larmes versées...

« Les femmes et les enfants à droite, les hommes à gauche ! »

Une infirmière corpulente faisait le tri dès l'entrée. Carmel suivit timidement sa mère derrière un rideau, le médecin vérifia leurs dents, prit leur pouls, écouta leur cœur, leur respiration, les examina sous toutes les coutures et les félicita : « Vous avez des poumons de sportives, toutes les deux ! Mes confrères américains vont apprécier, ils ne craignent rien tant que les tuberculeux ! Vous savez, ils ont très peur des épidémies... Il faut les comprendre : un pays neuf, ça demande des volontaires en bonne santé !

– Les poumons, c'est à cause de la musique. Nous jouons toutes les deux d'un instrument à vent !

– Ah, il n'y a rien de plus sain, y compris pour les femmes. J'ai lu là-dessus toute une théorie.

– Peut-être celle de monsieur Sax ?... C'était mon professeur.

– C'est bien possible, ce nom-là me dit quelque chose... Bon voyage, mesdames, le papa aussi, il est musicien ?

– Oui, oui... Il joue de la trompette », murmura Éléonore, gênée.

Elle jeta un petit regard complice à sa fille, salua le médecin et retrouva Angèle, Gervais et Joseph sur le quai. Ce dernier avait pris tous les renseignements auprès de la capitainerie : « Le bateau est arrivé. Je crois que c'est celui-là, au loin : le grand, avec sa cheminée et ses deux mâts. »

Il annonça à ses amies qu'un bateau plus petit chargerait leurs bagages tandis qu'un autre embarquerait les passagers jusqu'au paquebot, qui était bien trop gros pour arriver jusqu'au quai. Ils passeraient de l'un à l'autre par une longue passerelle jetée entre les deux bateaux.

« Ensuite, un petit remorqueur vous guidera jusqu'en baie de Seine, et après, à vous l'Atlantique ! »

Il avait eu le temps de repérer un accès direct à la mer : il proposa à tous une balade sur la grève. Carmel accueillit sa proposition avec des cris de joie ; l'instant d'après, elle sautait comme un cabri, évitait chaque vaguelette, mais le bas de sa robe était déjà bien trempé.

« Carmel, tiens-toi bien, comme une grande fille !

– Maman, cette eau-là est bien mieux que mon ruisseau ! Dis, oncle Gervais, tu raconteras tout à Pommard, hein !? »

Gervais promit, et après une longue promenade les pieds dans l'eau, un maigre dîner à l'hôtel et une deuxième nuit au dortoir, il fallut bien se présenter à l'embarquement.

Éléonore avait le cœur serré, comme au temps où elle avait quitté Lille et sa famille. Elle n'était alors qu'une petite fille désemparée qu'on séparait des siens. Cette fois-ci, elle entraînait son enfant dans une aventure qui les conduirait à l'autre bout du monde et dont elle ne connaissait pas l'issue. C'était bien autre chose.

Joseph fit ses dernières recommandations : « Sois bien sage, Caramel, et toi, Éléonore, bien prudente. On vous attendra... »

Il embrassa la fille, serra la mère dans ses bras et s'éclipsa pour laisser Angèle et Gervais avec leurs nièce et petite-nièce.

« J'aime pas trop les prières, mais cette fois, j'en ferai

tous les jours », murmura Angèle en étouffant Carmel contre sa poitrine.

La voix de Gervais commençait à s'érailler : « Nos cœurs sont avec vous, mes Marquises. Soyez courageuses, soyez intrépides, l'avenir est à vous ! Et si un jour ça chahute, soufflez jusqu'à la lune et on vous entendra. Partout, on sera là avec vous ! »

C'est Angèle qui eut le mot de la fin : « Et quand vous verrez votre Jimmy, notre cher monsieur Mississippi, dites-lui qu'Angèle de Montmartre l'embrasse. Bonne chance, mes jolies ! »

Carmel, qui s'était mise à pleurer sans plus pouvoir s'arrêter, et Éléonore, très blanche mais digne, s'engouffrèrent sans se retourner dans un long couloir qui menait au quai du départ. Les passagers étaient alors répartis selon leur classe. Carmel retrouva avec une joie qui sécha ses larmes son joueur d'accordéon.

« Harmonika ! dit-il en la voyant.

– Accordéon ! » répondit-elle en riant et reniflant à la fois.

Après une première traversée, la foule des émigrants parvint enfin à bord du *Gascogne*. De coursive en coursive, ils atteignirent l'entrepont. Ce mince espace juste au-dessus de la soute à bagages et de la salle des machines était réservé aux voyageurs de troisième classe. Des couchages superposés composés de toiles tendues entre quatre poteaux étaient alignés sur toute la longueur du bateau. Au centre de la pièce se bousculaient des bancs et des tables, avec pour seule lumière une dizaine de hublots minuscules. Éléonore avait imaginé une grande salle à manger – un peu comme à l'Hôtel des Émigrants – et une cabine, même petite, pour voyager seule avec sa fille. Elle se souvint du prospectus de l'agence : où était donc la salle de bal ?

Loin de toutes ces considérations, Carmel était déjà en train de négocier avec un grand gaillard une place sur ses épaules pour voir le départ par la fenêtre.

« Je suis trop petite, vous pouvez me porter ? » répétait-elle sans grand succès.

Le jeune homme la regardait sans comprendre.

« Essaie d'imaginer, ma chérie… » suggéra Éléonore qui n'osait aller sur un pont.

Près d'elle, une femme n'arrivait pas à calmer son bébé, qu'elle avait emmitouflé dans un châle. Alors Éléonore lui fredonna sa berceuse fétiche et il s'assoupit très vite. La femme, pour la remercier, lui offrit un poivron de Hongrie : c'était la mère du petit joueur d'accordéon.

Carmel finit par monter sur la table en compagnie du jeune musicien, et au bout de quelque temps, elle redescendit de son avant-poste pour venir chuchoter à l'oreille de sa mère : « Ça y est, on a quitté la terre, je ne vois plus rien ! T'as pas peur ? »

Éléonore fut bien obligée de mentir. Non seulement elle était inquiète, mais en plus les mouvements lents du bateau, les odeurs d'huile et d'eau chaude mélangées aux effluves de nourritures de provenances diverses lui donnaient la nausée.

Dans ces entrailles crasseuses, on mangeait pour faire passer le temps et calmer les angoisses – la conversation était difficile, trop de langues se mélangeaient... En troisième classe, le jambon fumé fit connaissance avec le hareng de la Baltique, le salami avec l'oignon frit. Les olives accompagnaient les cornichons, les pommes de terre se croquaient *al dente*. On engloutissait la *pasta* arrosée de vodka, on tirait le vin au samovar... C'était *tutticomvoulvoul* « tout comme tu veux », une vraie cave de Babel !

« La sagesse, c'est comme l'eau de la mer : tu peux en prendre autant que tu voudras, jamais le niveau ne baissera », expliqua lentement à Éléonore son voisin. Il était originaire de Berlin, mais parlait bien le français, car sa femme venait de l'est de la France. Il prit son jeu de cartes pour ne plus le lâcher du voyage, enchaînant réussite sur réussite sous l'œil admiratif de Carmel.

« Je t'apprendrai si tu m'expliques comment on joue de ton instrument », lui dit-il.

Inutile de dire que la petite Carmel avait fait sensation quand elle avait sorti son saxophone !

« Ah non, chérie ! Tu vas empêcher tout le monde de... » avait protesté Éléonore. Mais elle n'avait pas eu le temps de finir sa phrase. Elle fut interrompue par un Napolitain prénommé Gianni qui accompagnait sa peine à l'accordéon, en un chant pleurant le ciel de Naples, sa ville natale. D'autres passagers reprirent en chœur avec lui. Et c'est ainsi que commença un nouveau concert des nations : chacun son hymne, chacun son chant.

Carmel ne quittait plus Attila, le petit accordéoniste hongrois ; tous deux se faufilaient partout, communiquant par gestes ou avec des fous rires. C'est lui qui attira l'attention de la petite Marquise sur l'attaque et le phrasé de clarinette d'un groupe de musiciens klezmers, originaires de Bessarabie, région dont la fille d'Éléonore n'avait jamais entendu parler. Ni de la Hongrie ni des Balkans, d'ailleurs : toute une nouvelle géographie, qu'elle avait bien des difficultés à dessiner dans sa tête. Mais Carmel n'eut aucun mal à s'imprégner des musiques de l'Orient. Accompagnée d'Attila à l'accordéon, elle dansa, sur les rythmes tsiganes, le rouli-roula, une danse de son invention, au déhanchement très artistique. La petite fut d'ailleurs applaudie. On offrit des gâteaux aux enfants, et même les mouettes qui semblaient accompagner le bateau s'en mêlèrent. Éléonore joua au cornet un air de sa composition, *Atlantique Dream*, variation houleuse sur le thème d'*Angèle Swing.* Elle aussi fut applaudie. Puis, avec le groupe de musiciens klezmers, la mère et la fille improvisèrent un quadrille de lanciers façon orientale, qui se termina par un joyeux cancan !

L'entrepont des émigrants entrait ainsi chaque soir en ébullition, mais, au cinquième jour, au large de Terre-Neuve, la mer devint déchaînée.

Un marin descendit pour transmettre les consignes du commandant : « Personne sur le pont ! Tous dans vos bannettes et bien arrimés ! »

Il fut obligé de faire quelques démonstrations, car il ne pouvait traduire l'avis de tempête dans toutes les langues. La cale était bondée, et les passagers particulièrement inquiets.

Bientôt, la coque se mit à gémir. Le bateau montait puis descendait sur la vague et, par un roulis, d'un bord à l'autre, reprenait son assiette. Beaucoup de passagers furent malades. Certains priaient, dans leur langue, tous les dieux et tous les saints de leur épargner le naufrage.

« Maman... moi, je n'en connais pas, des prières. Tu ne m'en as pas appris », se plaignit soudain Carmel, le front luisant de sueur, les joues rouges, s'accrochant comme un bébé à sa mère.

Éléonore, ne sachant que répondre, la berça, jusqu'à ce qu'elle finisse par s'endormir sur son épaule.

Carmel rêva d'une mouette qui enlevait une jeune fille le jour de ses noces. Toutes deux s'envolaient, haut, très haut au-dessus des vagues, et la traîne de la fiancée se mêlait aux nuages avant qu'elles ne disparaissent dans le ciel.

Le lendemain, le calme était revenu ; tandis que les plus vaillants tentaient de remettre un peu d'ordre sur l'entrepont, un membre de l'équipage vint chercher Carmel et sa mère. Le médecin de la visite du Havre l'accompagnait. Il expliqua à Éléonore : « Madame, la moitié de l'orchestre est malade, on manque de musiciens dans la salle de bal. Alors je me suis souvenu de vous et de vos instruments. Accepteriez-vous de venir nous jouer un petit air avec votre fille ? »

Éléonore était prête à accepter, mais Carmel leur tourna le dos en bougonnant : « Moi, je veux qu'on emmène Attila et son harmonica ! »

Le médecin trouva l'idée surprenante, mais, pris de court, il accepta. Ainsi, tels trois passagers clandestins, Éléonore, Carmel et Attila pénétrèrent dans le monde d'acajou, de cristal et de satin de la première classe. Il fallut traverser la salle à manger des enfants ; des nurses nourrissaient les petits avec des cuillères en argent ;

Carmel en eut l'eau à la bouche. Puis ils arrivèrent dans la bibliothèque où une dizaine de passagers lisaient, confortablement installés dans de gros fauteuils en cuir. Ils gravirent encore un étage et ils parvinrent alors sur le pont principal, découvrant un grand salon sous un plafond de verre. Devant eux, des messieurs très élégants s'exclamaient joyeusement en jouant aux petits chevaux. Plus loin, une centaine de chaises avaient été installées en demi-cercle et une soixantaine de personnes écoutaient religieusement un orchestre classique.

Les grands yeux de Carmel dévorèrent les colliers de perles qui pendaient au cou des belles dames à l'air captivé, tandis qu'Attila s'approchait pour humer de plus près l'odeur des cigares de ces messieurs en habit de gala.

Le docteur joua les maîtres de cérémonie et annonça avec solennité un intermède de musique populaire. Éléonore se lança d'abord en solo dans sa nouvelle version d'*Angèle Swing*. Carmel s'approcha bientôt pour accompagner au saxophone la complainte de sa mère. Elle fit sensation avec sa peau brune, ses boucles blondes et ses yeux de braise. Les premiers rangs étaient conquis. C'est alors qu'Attila commença à improviser, et ils formèrent ainsi un trio que les passagers de première classe du *Gascogne* n'étaient pas près d'oublier. Éléonore, ivre de fierté, entraîna ses nouveaux partenaires sur un air de « polka patraque », un rythme à la Jimmy qui survolta les deux gamins. Carmel reprit sa danse du rouli-roula. Quelques escarpins battaient la mesure. Sous le taffetas, les spectatrices mouraient d'envie de se trémousser. Il devenait urgent de faire revenir l'orchestre de danse. Et tandis que ce dernier entamait une longue série de valses viennoises, un jeune homme s'approcha.

« Mesdemoiselles, cela fait longtemps que je ne me suis pas autant amusé. Permettez-moi de me présenter : je m'appelle Morris Gershovitz. »

Originaire de Saint-Pétersbourg, ce jeune juif russe parlait surtout le yiddish, pas du tout l'anglais et assez mal le français. Mais un Polonais nommé Piotr Kowalski, originaire de Cracovie, faisait office de traducteur à bord.

« Il vous félicite et vous offre de boire avec lui un verre de vodka russe !

– Pour moi peut-être, mais pas pour ma fille ni pour ce jeune garçon ! »

Attila semblait avoir compris et faisait la moue. Mais déjà le jeune Morris s'approchait, un petit plateau à la main. Il tendit un verre à Éléonore et au traducteur, leva le sien en disant *Lehaim*, « à la vie », et avala la vodka d'un trait.

Devant la grimace d'Éléonore, Morris Gershovitz rit de bon cœur. Il entraîna ses nouveaux amis un peu plus loin sur le pont et leur proposa de s'installer avec lui dans de grands fauteuils de toile.

Et comme tous ceux qui partent vers une nouvelle vie,

il raconta l'ancienne, Piotr Kowalski jouant toujours les intermédiaires : « Je suis petit-fils de rabbin, mais mon père a inventé le fusil qui équipa les armées du tsar, le grand Alexandre II.

– Ça alors, mais je le connais, ce tsar ! s'exclama Éléonore. Il est venu chez mon patron, monsieur Sax. C'est bien lui qui avait disparu pendant une visite officielle à l'Exposition universelle de 1867 ? Toute la police de l'empereur le recherchait, particulièrement dans notre quartier des Lorettes. Mon amie Rita disait même qu'elle l'avait connu. Je ne suis pas sûre qu'il fallait la croire... Elle avait dû voir sa photo dans le journal... »

Le traducteur lui fit signe de ne pas parler si vite : il n'arrivait pas à suivre.

« En tout cas, reprit Morris, sous son règne, ma famille, bien que juive, vécut assez protégée. Mais j'ai eu peur de me retrouver enrôlé dans l'armée russe, alors je suis parti. La vérité, c'est que c'est surtout par amour pour Rose, ma belle cousine éloignée, que j'ai voulu tenter ma chance en Amérique. Son père est un riche négociant installé à Brooklyn. Tenez, j'ai son adresse dans mon chapeau ! »

Et Morris montra à Éléonore le bout de papier jaune qu'il avait glissé sous le ruban qui entourait son feutre mou.

Chacun raconta ses rêves et son histoire. Éléonore expliqua qu'elle se rendait aussi aux États-Unis par amour ; elle parla de Jim, de sa mission pour Adolphe.

Quand il fut temps de retourner dans l'entrepont des émigrants, Morris Gershovitz les invita : « Venez me voir à Brooklyn, ma famille sera la vôtre ! »

Éléonore, touchée, répondit aussitôt : « Et quand je serai à La Nouvelle-Orléans avec ma fille, vous serez notre invité... »

Mais elle n'avait aucune adresse à donner, juste un nom de trompettiste en guise de mot de passe : « Vous n'aurez qu'à demander Jim Mississippi, nous serons chez lui... »

Enfin, au septième jour du voyage, New York apparut à l'horizon, perçant la brume, véritable colosse du Nouveau Monde hérissé de quelques immeubles, tel un peigne aux dents cassées. Grimpé sur l'une des tables, un des passagers décrivait pour les autres le spectacle : « New York, je vois New York ! C'est tellement grand, il y a tant de fumée ! » Pas besoin de traduction : devant l'agitation contagieuse, l'entrepont ne fut plus qu'un murmure, le nom de la ville promise circulant de bouche à oreille dans toutes les langues, avec tous les accents. Carmel surprit une larme dans l'œil doré de sa mère.

« On y est, maman, on a fait le plus dur ! On est parties et bien arrivées ! »

Une traversée de l'Atlantique vaut parfois des années de réflexion. En moins d'une semaine, Carmel était devenue une grande fille. Sa mère glissa ses doigts dans ses mèches crépues et dorées.

« Tu es mon ange gardien, je suis si fière de toi. »

Sur le pont, hommes, femmes et enfants, tous les passagers de la troisième classe se bousculaient pour mettre leurs plus beaux habits, certains coupés et cousus pendant les longues journées du voyage. Il ne restait plus un drap, plus un seul bout de rideau dans les balluchons !

Le *Gascogne* remonta la rive droite de l'Hudson et, soudain, trouant un gros nuage sombre, apparut la statue de la Liberté. Elle semblait bénir le bateau qui approchait. À sa vue, toute la cale fit silence. Pour ces passagers au cœur gros et à l'esprit inquiet, l'Amérique, le plus beau de tous leurs rêves, commençait ici, au pied de la statue.

« Notre tour Eiffel est bien plus haute, chuchota Éléonore à l'oreille de sa fille. Te souviens-tu, quand j'ai joué pour elle à Paris avec la fanfare des Tourterelles ? » Mais la petite ne répondit pas. Tout au spectacle, elle se contentait de répéter : « Comme elle est grande, comme elle est belle ! » Elle avait réussi à se frayer une place près du hublot et ne l'aurait cédée pour rien au monde.

Très ému lui aussi, Herr Bischman, le Berlinois, au bras de sa femme, se mit à déclamer haut et fort :

Donne-moi tes pauvres, tes exténués
Qui en rangs pressés aspirent à vivre libres

Le rebut de tes rivages surpeuplés
Envoie-les-moi, les déshérités, que la tempête me les rapporte
De ma lumière, j'éclaire la porte d'or !

Personne ne comprit que l'homme récitait les vers d'Emma Lazarus gravés sur le piédestal de la statue. À bord du *Gascogne*, les esprits des plus pauvres s'agitaient. Hommes et femmes savaient d'instinct ou d'expérience qu'avant de franchir la « porte d'or » du Nouveau Monde, il leur faudrait passer par le centre de tri de Castle Garden, à Fort Clinton, dans le sud de Manhattan. Mais qui avait envie de lire dans les yeux affolés et pleins de rêves de ces émigrants de l'Ancien Monde tout ce qu'ils avaient vu ? Plus rien ne comptait, maintenant, que ce qu'ils espéraient trouver.

CHAPITRE 16

America, *les voilà !*

Le paquebot s'immobilisa à la pointe du *pier* 88. Les passagers étaient partagés entre la hâte de fouler le sol américain et la tristesse de perdre leurs compagnons de voyage, derniers liens avec le vieux continent. Mais les officiers de l'immigration ne laissèrent pas le temps aux uns et aux autres de s'apitoyer sur leur sort.

Immigration Form !, « Formulaire d'immigration ». L'homme répétait la même phrase à tue-tête et les voyageurs se regardaient, hébétés. Max Bischmann ne parlait pas l'anglais. Attila et ses parents ne semblaient pas plus éclairés. Plus de nouvelles de Morris Gershovitz, aucune trace de Piotr Kowalski... Éléonore et Carmel étaient perdues dans la foule des anonymes quand une femme en uniforme s'adressa à elles : « Vous parlez français ? »

C'était l'une des traductrices de l'administration qui

parcouraient les files d'attente et tentaient de regrouper les arrivants selon leurs origines. « Venez par ici ! »

Elle les guida vers un guichet où un préposé répétait à longueur de journée les mêmes questions : « D'où venez-vous ? Nom, prénom, âge, situation ? Mariée ou célibataire, veuve ou divorcée ? Quelle est votre profession ? Savez-vous lire et écrire ? Êtes-vous malade ? Combien d'argent avez-vous sur vous ? Montrez-le ! Qui a payé votre voyage ? Vous avez un contrat de travail ? Montrez-le ! Vous avez des amis ici ? Êtes-vous anarchiste ? Avez-vous la tuberculose ? »

Éléonore et Carmel se débrouillèrent tant bien que mal face à cet interrogatoire. Elles apprirent qu'il y avait des villes qui s'appelaient Paris ailleurs qu'en France, par exemple au Texas, que *first name* voulait dire « prénom » et *last name* « nom de famille », que les Américains craignaient les anarchistes autant que les tuberculeux... mais qu'une fois passé ce premier contrôle ils savaient sourire. Car l'homme aux mille questions leur lança lorsqu'elles partirent : « *O.K., Miss Éléonore White and Miss Carmel Louise White ! Welcome to America*[1] *! Goodbye* et bon chance ! »

Le dernier souhait fut formulé avec un fort accent, mais en français tout de même.

1. « Bienvenue en Amérique ! »

Carmel risqua un « *Goodbye !* » auquel l'homme répondit en inclinant la tête.

Éléonore avait choisi d'angliciser son nom, comme le lui avait conseillé le médecin du Havre. Elle s'appelait maintenant Mrs White : tant pis pour « Leblanc ».

Dans la file voisine, le Polonais Piotr Kowalski venait lui aussi d'être admis, sous le nom de « Peter Smith », un nom qui en anglais signifie « forgeron ».

« Dommage que je ne travaille pas le fer ! Mon oncle m'attend depuis deux ans pour travailler avec lui dans son atelier de couture, dans l'est de la ville, non loin d'ici. »

Et, déjà, Peter Smith proposait un logement de fortune à Éléonore et Carmel.

Après le passage au bureau de l'état civil, les passagers du *Gascogne* furent dirigés vers le dispensaire.

Miss et Mrs White eurent la chance de tomber sur un médecin irlandais et mélomane, le docteur Sanders. Au moment de l'examen des poumons, Éléonore emboucha son cornet à pistons et entama *Angèle Swing*, tandis que sa fille dansait le rouli-roula. Le médecin n'avait pas souvent l'occasion de rire au cours de ses consultations, aussi s'esclaffa-t-il de bon cœur : « Ces Françaises, quel souffle, quelle grâce et quel humour ! »

Mais, comme il ne parlait pas le français, il eut recours à la traductrice, qui déforma ses propos, ce qui inquiéta Éléonore : « Le médecin dit que la petite est un peu remuante. Peut-être trop. Il vous conseille de lui ménager des moments de calme.

– *Yes* », promit Éléonore.

L'Irlandais sortit de sa poche une statue de la Liberté en miniature, qu'il offrit à Carmel comme porte-bonheur.

« C'est bien la France qui nous l'a offerte, n'est-ce pas ? »

Carmel dit poliment *Thank you*.

Le docteur, visiblement sous le charme, expliqua encore aux Marquises que les banques de New York étaient plus fiables que les agents de change : « Si vous voulez changer votre argent ici, on va vous rouler ! Prenez ces deux dollars, de quoi aller jusqu'au centre de Manhattan. C'est mon cadeau de bienvenue. J'aurais tant aimé qu'on m'aide quand je suis arrivé ici avec ma femme et ma petite fille ! »

Éléonore n'en revenait pas ; elle glissa les deux dollars dans son corsage sans même les regarder.

« Et si le cœur des Américains était vraiment en or ? » se demanda-t-elle.

Mais, dans le hall, les sanglots de Frau Bischmann, la femme du joueur de cartes, la ramenèrent à une autre réalité : son mari n'avait pas reçu l'autorisation d'entrée des services médicaux de l'immigration. Max Bischmann avait dû se rendre au *Medical Retention Quarter*[1], où il avait

1. « Pavillon de quarantaine. »

été consigné à cause non pas de ses poumons, mais de ses mauvais yeux. Son dossier portait la mention « SI », pour *Special Inquiry*, « enquête spéciale ». Des infirmières zélées, munies de serviettes et de bassines remplies de désinfectant, avaient inspecté ses paupières. Elles avaient ainsi décelé cette maladie honnie en Amérique : le trachome.

« Tout ça, c'est à cause de tes maudites cartes à jouer, Max, tu les regardes trop ! hoquetait Frau Bischmann, qui n'arrivait pas à lâcher le bras de son mari.

– Ils vont nous renvoyer par le même bateau », se lamentait-il de son côté, impuissant et déçu.

Carmel chercha des yeux, dans les files d'attente, Attila. Le petit Hongrois venait d'être admis, avec ses parents et son petit frère. Tout heureux, il agita son accordéon et lui fit un signe de la main.

En revanche, Gianni, le Napolitain, était introuvable...

Éléonore l'aperçut enfin, qui discutait avec des compatriotes. Elle s'approcha pour lui dire timidement : *Ciao !* Quand il la vit, il lui prit les mains et lui déclama en italien :

Bella, tes yeux sont de l'or
S'ils avaient sondé mon cœur
Ils auraient vu l'étendue de ma blessure
Mais, au-dehors, je suis un homme solide
Alors l'Amérique veut bien de moi !

Morris Gershovitz était bien là aussi. *Morris Gershwine, welcome to America !*, lui lança le docteur du service de l'immigration. Éléonore se sentit soulagée : son épouvantable accent anglais réussissait même à faire sourire l'employé.

Le jeune homme avait gagné un nouveau patronyme, mais il avait perdu son chapeau, envolé vers l'Hudson, avec l'adresse de sa cousine Rose dissimulée sous le ruban…

« Je sais qu'elle est à Brooklyn ! dit-il à Éléonore. Mon chapeau arrivera avant moi, il a l'adresse ! » Et il tendit la main vers un majestueux pont de fer, dans le lointain. « Regardez Brooklyn, c'est tout près, tout près. À la vie, à l'amour ! Ma promesse tient toujours ! », répéta-t-il comme pour se donner du courage. Il se pencha pour serrer Carmel dans ses bras et lui chuchoter de prendre soin de sa maman. Puis il fit de même avec Éléonore : « Garde bien ta fille près de toi ! Et si vous avez un problème, n'oubliez pas que vous pouvez compter sur moi.

– Ma promesse aussi tient toujours ! répondit-elle. *Bye bye*, Morris, et merci.

– *Lehaim !* »

Le jeune Gershwine disparut en sautillant.

Peter Smith, l'ancien Piotr Kowalski, proposa une nouvelle fois de loger Éléonore et Carmel chez son oncle. Ravies de cette aubaine, elles s'empressèrent d'accepter.

Une fois sorties de Castle Garden, elles débarquèrent sur la terre ferme à Battery Park, dans le sud de New York.

Peter avait ajouté leurs bagages au lourd chargement d'une charrette tirée par un cheval et il leur indiqua le chemin qu'elles auraient à faire à pied.

« Je dois livrer un paquet avant d'arriver enfin dans ma famille... Mais retrouvons-nous là-bas. Nous sommes dans le bas de Manhattan. Un peu plus loin, vous trouverez une avenue, la 5e Avenue South, ce qui veut dire "sud". Vous la remonterez tout droit, jusqu'à ce qu'elle croise la 6e Rue ; là, vous prendrez à gauche et vous descendrez jusqu'au fleuve Hudson. La boutique de mon oncle se trouve là. Vous ne pourrez pas vous tromper, il y a une enseigne avec de gros ciseaux avec son nom écrit dessus : *Kowalski and Co., Tailors*.

– Vous êtes déjà venu, alors ? demanda Éléonore.

– Non, mais mon oncle m'a raconté... » répondit Peter avec assurance.

Il leur fit répéter ses indications plusieurs fois, leur montra la direction. D'une allure hésitante, les Marquises se mirent en marche pour cette conquête pas vraiment héroïque de l'ouest de la ville.

Carmel observait tout, questionnant sa mère devant chaque échoppe : « *Bakery,* qu'est-ce que ça veut dire, maman ? »

Éléonore répondait comme elle pouvait : « Je vois du pain... donc c'est une boulangerie ! »

Elle buta sur *drugstore* [1], il y avait bien trop de choses dans la vitrine ; elle s'interrogea aussi sur le sens du mot *upholstery* [2], mais triompha sur *restaurant.*

« Maman, j'ai faim... » pleurnicha Carmel.

Éléonore entra dans une *bakery*. Elle pointa du doigt un drôle de petit pain rond avec un trou au milieu.

« *Please*... demanda-t-elle.

– *A bagel for the girl ? Five cents, madam* [3] », répondit le boulanger.

Éléonore paya, et une fois dehors, la mère et la fille partagèrent leur premier *bagel in the street.*

« Elle est sale, cette ville, maman ! déclara Carmel.

– Attends, on n'a pas tout vu », la tempéra Éléonore, qui elle aussi était gênée par les rues jonchées d'immondices. Les gens ici avaient l'air bien plus misérables qu'à Paris, et les immeubles qui poussaient de toutes parts, effrayaient les deux Parisiennes.

Au bout d'une demi-heure, elles atteignirent un carrefour : les passants s'agitaient dans tous les sens, comme en proie à la fièvre ; les trottoirs regorgeaient de camelots

1. « Épicerie ».
2. « Tapisseries ».
3. « Un bagel pour la fille ? Cinq cents, madame. »

et de voitures à bras chargées de coupons de tissu. Les rues alentour baignaient dans une cacophonie agressive. Éléonore dut admettre qu'elles étaient perdues. Mais à qui expliquer qu'elles débarquaient à l'instant, qu'elles étaient françaises et qu'elles cherchaient dans la 6e Rue la boutique de l'oncle d'un traducteur polonais rencontré au beau milieu de l'Atlantique !?

Comme par miracle, elles se retrouvèrent devant un plan de la ville qui les aiderait à s'orienter... du moins l'espéraient-elles.

Elles tournèrent à gauche, changèrent d'avenue et marchèrent encore un peu. Carmel avait faim de nouveau, et tombait de fatigue.

« Tu crois qu'on va dormir dehors ?

– Mais non, voyons, l'oncle de Peter nous attend ! » lui répondit Éléonore d'une voix mal assurée.

Une heure plus tard, après bien des détours, Carmel s'écria : « Maman, des ciseaux, regarde ! »

Éléonore déchiffra : « *Kowalski and Co., Tailors.* Tu vois, on est arrivées ! »

La tante de Peter les accueillit chaleureusement ; elle leur servit un grand bol de soupe rouge, un *bortsch* délicieux, puis les fit monter à l'étage, où elles posèrent leurs bagages. Dans les combles de la maison, la famille polonaise avait disposé des matelas pour les cousins, les cousins des cousins, les amis des cousins, et les immigrants qui, comme elles, arrivaient du Vieux Continent.

Carmel aperçut un accordéon posé par terre. Elle bondit de joie. « Attila ! » Hélas, l'instrument n'était pas celui du petit Hongrois, il appartenait à un ouvrier ukrainien.

Ce premier jour en Amérique s'acheva sur cette petite déception, mais elles avaient traversé l'océan et se trouvaient en sécurité, le ventre plein et les peurs apaisées...

Le lendemain, monsieur Kowalski conduisit son neveu, Éléonore et Carmel jusqu'à l'arrêt de l'omnibus qui les déposerait à Pennsylvania Station. De cette gare, elles prendraient le train pour Elkhart, dans l'Indiana, la ville où était établie la manufacture de Charles Conn. Peter les accompagna par ailleurs à la banque pour qu'elles changent leur argent. À la gare, il repéra le quai où attendait le New York Central en direction de Buffalo. Il monta avec elles, les aida à ranger les bagages, leur rappela qu'il fallait changer de train à Buffalo et n'oublia pas de leur remettre les provisions de bouche emballées dans un torchon que sa tante avait préparées pour elles. Mais, tandis que Peter s'apprêtait cérémonieusement à leur dire adieu, un grand Noir lui indiqua nerveusement l'inscription : *Negroes only*[1]. Ils durent quitter cette voiture, où tous les voyageurs les

1. « Réservé aux Nègres ».

dévisageaient, car aucun Blanc n'y était assis. De nouveau sur le quai, encombrés par les bagages, asphyxiés et aveuglés par la fumée épaisse des locomotives, ils cherchèrent les voitures réservées aux Blancs. Carmel pleurait, le pique-nique de la tante Kowalski à la main. Quand elles furent installées dans un compartiment pour les Blancs, Éléonore tenta de la consoler : « Petite sang-mêlé, ni tout à fait blanche ni tout à fait noire, mais *fifty-fifty*... Tu n'es déjà plus vraiment de Paris, mais pas encore d'ici. Ne cherche pas d'histoires, ma fille ; elles viendront de toute façon. »

Peter rendit le sourire à Carmel en lui offrant deux sandwichs qu'il venait d'acheter par la fenêtre du compartiment. Le train s'ébranlait déjà, et Peter n'eut que le temps de sauter du train.

Au premier soir de leur voyage, elles n'avaient plus grand-chose à manger. La mère et la fille restaient silencieuses, bercées par le roulis du train. Les kilomètres défilaient, monotones. À Buffalo, il fallut descendre, changer de quai, transporter encore une fois les bagages et s'installer dans un autre train, qui les conduirait à Elkhart. L'opération fut moins pénible que prévu : ça leur faisait du bien de bouger ! Éléonore partit à la découverte de nouveaux sandwichs, mais revint avec des beignets au sirop d'érable dont Carmel se régala. Une grosse dame prit place sur leur banquette et se mit à leur parler, avec un drôle d'accent français qui fit pouffer la petite : « Ça vous gosse pas qu'on potine un peu ? » Bien sûr que ça ne les dérangeait pas, de papoter avec une dame de la Belle Province du Québec !

Jusqu'au coucher du soleil, le train se faufila parmi de grandes forêts de mélèzes. Leur compagne de voyage raconta son Canada sauvage, les ours qui venaient manger jusque dans sa cuisine si elle oubliait de fermer la porte, et Carmel l'écouta, fascinée. En haut d'une colline, on vit un peu de neige, et l'enfant frissonna à l'idée d'y mettre les pieds. La grosse dame descendit au petit matin à Ashtabula, sur les bords du lac Érié.

Le train redémarra, et cette fois Carmel détesta les étendues désertes qu'elles parcoururent après Cleveland. De temps en temps, on voyait une ferme, des chevaux, puis encore le désert. « C'est la terre de personne », soupira-t-elle. La petite Parisienne regrettait la cohue, les cris familiers de la rue, les commerçants qui la saluaient quand elle rentrait de l'école de la rue Lepic, son ami Pommard, les bagarres dans la cour, les courses de bateaux dans le ruisseau, les spectacles avec Gervais, les tartines du goûter avec Angèle. Elle sentit les larmes monter à ses yeux, mais réussit à les contenir. Éléonore n'était pas plus vaillante. Elle se disait : « Elkhart, c'est bien, mais après ? Qui s'occupera de nous à La Nouvelle-Orléans ? Et Jim ?

comment ferons-nous s'il n'est pas là-bas ? Et s'il est marié ? ou mort ? Qu'allons nous devenir ? » Pour se réconforter, elle serra contre elle la pochette contenant les plans d'Adolphe Sax et la lettre de ses parents.

Carmel finit par s'endormir, le livre de son oncle Paul posé sur les genoux. Un garçon assis en face d'elle tenta de le lui prendre, mais la petite se réveilla en sursaut et défendit son bien à coups de pied.

You wild beast[1] *!* lui cria le jeune Américain aux yeux bleus et aux cheveux couleur de blé. Sa maman jeta un regard méprisant en direction de Carmel. Éléonore et sa fille ne comprirent pas les mots, mais ressentirent toute la haine qu'ils contenaient.

À Goshen, elles commencèrent à rassembler leurs effets. Enfin, après trente-six heures de voyage, elles arrivèrent à destination ! La gare était minuscule, guère plus grande qu'un hangar. Elles furent les seules passagères à descendre du train. Un homme imposant, une ardoise à la main sur laquelle on pouvait lire « Conn », les attendait.

« *You come from Paris, France ?*

– Yes ! » répondit Carmel en sautillant d'impatience. L'homme saisit les bagages et emmena la mère et la fille en charrette jusqu'à une grande bâtisse de brique rouge. Sur la façade était gravé en lettres géantes : « C. G. CONN ».

1. « Espèce de bête sauvage ! »

Éléonore retrouvait l'odeur familière des fabriques d'instruments. Un délicieux frisson de soulagement traversa tout son corps. Charles Gerald Conn se tenait à l'entrée de sa manufacture.

« *Welcome to Elkhart,* mesdames de Paris ! » L'homme était souriant, élégant, charmeur. Il détailla Éléonore de pied en cap, pinça affectueusement la joue de Carmel et envoya chercher un de ses ouvriers français pour lui demander de traduire.

« Vous n'avez pas changé, toujours aussi jolie ! Soyez ici chez vous. Vos chambres sont prêtes. Ma femme vous a préparé une collation. Vous me montrerez les plans une fois que vous serez toutes deux reposées. Vous les avez, j'espère ? » Il parlait fort, et si vite que le jeune homme avait peine à traduire.

« Je crois que j'ai compris, lui dit Éléonore. Mr Conn veut voir les plans tout de suite !

– Non, non, vous avez le temps de manger, de vous reposer. Sa femme, Mrs Katherine, vous attend », traduisit l'ouvrier.

Carmel se jeta sur le poulet, dévora les *french fries* et accepta la seconde part de *cheesecake*. Son appétit faisait plaisir à voir. Katherine la prit tout de suite en affection ; Mr Conn était plus intéressé par sa mère. Éléonore assura qu'elle n'était pas fatiguée et le convainquit de ne pas attendre le lendemain pour lui présenter les plans de monsieur Sax. Ils s'installèrent dans l'atelier. Charles Gerald avait convoqué son contremaître. Le moment était solennel.

Michael, let me introduce you to Miss White, Mr Sax's associate[1].

Éléonore rougit quand on lui traduisit cette flatteuse présentation.

« Associée, non, je n'ai pas son talent, disons que je suis sa messagère...

– Jolie messagère », souligna leur hôte, qui semblait soudain très doué pour le français.

Choisissant ses mots avec précision, Éléonore expliqua étape par étape le processus de fabrication de ce nouvel instrument que l'usine Conn d'Elkhart s'apprêtait à fabriquer, puis à lancer sur le marché américain. Un certain Patrick, habitué à faire travailler des ouvriers français dans les ateliers, donnait en anglais le nom de chaque pièce. Charles Gerald était fou de joie. Il aurait bien continué la conversation sur la fabrication, mais la nuit tombait. Quand les adultes passèrent à table, Carmel fut priée d'aller jouer sous la véranda. Elle obéit en emportant son saxophone. Un grand silence se fit soudain dans la salle à manger.

« *Listen*, écoutez, c'est trop beau ! Qui joue ?

1. « Michael, je vous présente madame Leblanc, l'associée de monsieur Sax. »

– Ma fille ! » laissa échapper fièrement Éléonore.

Charles Gerald fut subjugué par la dextérité de l'enfant. Il avait appris le violon très jeune, mais, au même âge que Carmel, il aurait été incapable de transmettre une telle émotion.

« *Wonderful !* s'exclama-t-il lorsque Carmel s'arrêta. C'est de qui ?

– Adolphe Sax l'a composée pour elle. C'est une cantate en *mi* mineur ! » répondit Éléonore, aux anges.

Après un verre de brandy, tout le monde se comprenait. Charles Gerald Conn montra ses doigts abîmés, raconta qu'il avait eu un accident à l'usine, expliqua qu'il était passé du violon au cornet à pistons. Éléonore révéla qu'elle pratiquait aussi cet instrument et Mr Conn, après la fille, voulut entendre la mère. Elle alla chercher son instrument, mais revint désolée, son cornet à la main : l'embout avait disparu pendant le voyage ! Elle n'avait pas terminé sa phrase que déjà Patrick lui en ajustait un, tout neuf, sur son instrument. Éléonore entama les premières mesures de la « polka patraque » quand, dégageant soudain ses lèvres, elle l'interrogea sur cet embout. Elle n'en avait jamais connu de si souple ! Patrick lui expliqua que son patron avait eu la lèvre salement amochée dans une bagarre et que, pour continuer à jouer, il s'était fabriqué ce bec en caoutchouc grâce auquel il avait depuis assuré sa renommée et sa fortune.

« J'adore cet endroit, maman. Je voudrais rester ici pour toujours, soupira Carmel en s'endormant.

– Moi aussi, ma chérie », chuchota sa mère, un peu étourdie par tant de chaleur et d'amitié.

*

Elkhart était une paisible bourgade. Le centre-ville se résumait à quatre pâtés de maisons à la jonction de trois fleuves. Tant d'eau donnait tout son charme à l'endroit. Entre le va-et-vient des bateliers et l'activité incessante des moulins, il se passait toujours quelque chose du côté de la rivière. Carmel y passait ses journées en compagnie du fils de Patrick. Pour elle, tout était prétexte à jouer de la musique, tandis que lui frétillait comme un poisson dans l'eau à la seule idée de nager.

Après trois semaines passées à Elkhart, la mission d'Éléonore toucha à sa fin : la fabrication des premiers saxophones avait commencé, sous son contrôle, et elle avait répondu à toutes les questions que se posait le contremaître. Mais Charles Gerald Conn ne voulait pas la laisser partir.

« Qu'avez-vous de si important à faire à La Nouvelle-Orléans ? lui demanda-t-il un soir.

– J'ai rendez-vous avec mon passé, et Carmel avec son papa, expliqua simplement Éléonore.

– Pour le passé, c'est sûrement trop tard, répondit cet homme d'action, mais pour retrouver un papa, je comprends qu'on fasse un si long voyage. »

Alors Mr Conn proposa un marché : « Vous restez une semaine de plus ici, pour qu'on soit sûrs qu'il n'y aura pas de problème quand nous en arriverons à la production en série, et je vous conduis jusqu'à La Nouvelle-Orléans. »

C'est ainsi qu'Éléonore et sa fille firent le voyage à bord d'une diligence, en compagnie de la troupe des musiciens de Mr Conn, les Haverly Minstrels. Après quatre soirs de concerts, à Louisville, Nashville, Memphis et Baton Rouge, et de longs chemins de poussière, elles arrivèrent, comme promis, à La Nouvelle-Orléans, à la nuit tombée.

Elles frissonnèrent quand, par la fenêtre, elles aperçurent le fleuve somnolent qui serpentait, parcouru de grands bateaux à roue. Le Mississippi tant rêvé était enfin là, tel un géant paisible, et le cœur d'Éléonore battait la chamade. Lorsqu'elle posa pied à terre, elle se sentit vaciller. Comme si cette sensation d'avoir son « dedans dehors » la reprenait.

La nuit venait de tomber et, au loin, la « Cité du croissant » brillait de mille feux. Le lac Pontchartrain se confondait avec le ciel. C'était soir de fête à La Nouvelle-Orléans, un soir grondant où le ciel virait à l'orange. Des fanfares monstres, venues de tous les quartiers de la ville, s'affrontaient dans une lutte assourdissante. C'était à celle qui jouerait le plus vite, le plus fort, avec le plus de cuivres. Pour chacune d'entre elles, un maître de cérémonie marchait en tête, suivi d'assistants parés de ceintures brillantes, harnachés de belles banderoles aux couleurs vives. Les femmes, plus élégantes les unes que les autres, se pavanaient des deux côtés du cortège.

Charles Gerald Conn prit la tête de ses musiciens et, à son commandement, le défilé de son imposant *marching band* se mit en branle. Il invita les Françaises à présider le cortège. Accompagnées par la plus joyeuse des fanfares, Éléonore et Carmel White entrèrent dans la ville où elles avaient rendez-vous avec leur destin. Emportées par le tourbillon de la danse, les cris, la poussière, la chaleur, la puanteur, la fatigue du voyage, elles entendirent à peine les déclarations enflammées de Charles Gerald.

CHAPITRE 17

Marquises of New Orleans

Toutes les fanfares s'étaient éloignées dans la nuit tombante. Assis sous un grand magnolia, Charles murmurait à l'oreille d'Éléonore : « Je vais vous conduire à la maison d'une amie, vous y resterez avec Carmel une dizaine de jours, le temps de vous reposer. Je reviendrai vous chercher et vous nous accompagnerez pour le reste de la tournée : j'ai encore bien des merveilles de l'Amérique à vous faire découvrir, Miss Leblanc ! » Éléonore ne répondit pas : Carmel, à ses côtés, tombait de fatigue. Charles Gerald les conduisit jusqu'à une grande maison de brique rouge aux balcons en fer forgé. Sur le perron se tenait une belle femme créole aux formes généreuses, les oreilles ornées de gros anneaux dorés.

« Éléonore, je vous présente Eulalie Echo, reine des sortilèges et de La Nouvelle-Orléans. Elle retrouve tout ce qui se perd, surtout l'amour.

– *Mam alright, Mr Conn*[1] *?* demanda malicieusement Eulalie.

– Merci, ma femme va mieux, mais c'est Éléonore qu'il va falloir soigner ! répondit l'entrepreneur. Elle est française et elle a bien du chagrin. »

Éléonore était effectivement bien pâle : cette folle soirée dans la moiteur de La Nouvelle-Orléans lui paraissait peuplée de fantômes... C'était beaucoup d'émotions, et elle se sentait à la fois proche et loin de Jim. Eulalie Echo la fit s'asseoir, tandis que Charles Gerald déposait un baiser sur le front de ses deux protégées : elles étaient sous bonne garde.

Eulalie Echo prit Carmel par la main et se tourna vers sa mère : *O.K., mam, come and eat my gumbo first, you will tell me all about your miseries !*[2]

Eulalie servit à Éléonore et à Carmel une soupe épaisse d'une couleur aussi incertaine que les ingrédients qui la composaient, le tout versé sur une colline de riz. Carmel fit la grimace. Ce *gumbo*-là était bien trop épicé pour elle. La petite se rattrapa avec deux assiettes de cochon grillé et, surtout, savoura quelques gorgées de Coca-Cola, une

1. Madame va bien, monsieur Conn ?
2. O.K., madame, mange mon *gumbo* d'abord, tu raconteras tes malheurs après !

nouvelle boisson gazeuse inventée par un pharmacien de la ville d'Atlanta.

Dehors, il faisait nuit noire, mais la chaleur était encore bien lourde. Tout autour de la place erraient des chiens sauvages. La maison n'était éclairée que par le large sourire de la maîtresse des lieux, qui raconta son histoire : « Bienvenue chez moi ! Mes ancêtres, les La Menthe, étaient français et habitaient La Nouvelle-Orléans bien avant que la Louisiane ne soit vendue par la France à l'Amérique. Mon grand-père fabriquait des liqueurs fines et des élixirs. Mon père fut entrepreneur de démolition dans toute la Louisiane. Mais moi, ici, je reconstruis les vies », ajouta-t-elle mystérieusement.

Elle proposa de loger la mère et la fille au rez-de-chaussée de sa maison familiale.

Au matin, Carmel fut réveillée par des cris qui montaient de la rue.

Coaly coal, coal, pretty coaly !

Elle s'installa sur le beau balcon de fer forgé. Écarquillant les yeux, elle vit passer des calèches transportant des gens dont aucun n'avait la même couleur de peau. Elle découvrit aussi les petits vendeurs de charbon de bois. C'étaient eux qui criaient : « Charbon charbonneux, charbon, joli charbon ! »

Elle essaya d'imiter un autre cri, celui du vendeur du journal local, le *Times Picayune*, à l'autre coin de la place. Un peu plus loin, le fleuve Mississippi semblait se réveiller. Quelques bateaux accostaient pour décharger fruits et légumes au marché. Toute cette agitation lui allait à merveille.

La maison était un véritable bric-à-brac, un antre bizarre où les murs délabrés étaient entièrement occupés par des tableaux de famille. On trouvait à l'étage un grand salon encombré de fauteuils au velours fatigué et de petites tables sur lesquelles étaient disposées toutes sortes des fioles et de carafes colorées. Des iguanes, dont Eulalie avait dit à Éléonore de ne pas s'effrayer, s'y promenaient tranquillement, tandis qu'ici et là traînaient d'étranges poupées de chiffon et des alligators empaillés. Des rideaux de dentelle pendaient un peu partout. Au sol étaient posés des coffres d'où sortaient des colliers, des plumes et tout un fourbi de masques de carnaval.

Éléonore descendit. Elle trouva à la cuisine du café bien pâle, mais assorti de *pancakes* exquis.

Eulalie Echo tenait, au rez-de-chaussée, un salon de coiffure, mais recevait aussi pour des consultations décoif-fantes ! En ville, on la surnommait la *Voodoo Queen*, la « reine du vaudou ». Beaucoup la craignaient, car elle traficotait, disait-on, avec l'au-delà... Elle faisait, le jour, des mises en plis, et commerçait, la nuit, avec les esprits, parlant en direct avec Mami Wata, la déesse des Eaux. On la disait sorcière et guérisseuse de bien des maux.

Un petit homme maigre se tenait justement sur le perron, son chapeau à la main et, visiblement, le cœur en morceaux. Vêtu d'une salopette délavée, chaussé de godillots poussiéreux, la bouche largement édentée, il maugréait contre sa femme partie la veille et, malgré tous les noms d'oiseaux qu'il lui donnait, il suppliait Eulalie de la faire revenir.

La *Voodoo Queen* le regarda intensément, et son verdict fut sans appel : « La dernière fois que ta femme est partie, elle est revenue, n'est-ce pas ? Alors arrête de boire, recommence à manger du cœur de tortue cru et des tripes d'alligator en pensant à tous les bons moments passés avec elle ! » L'homme s'en alla, le chapeau revissé sur la tête et de l'espoir plein les poches.

Éléonore n'avait pas bien compris, mais elle salua Eulalie, la remerciant pour son hospitalité. Timidement, elle demanda : « C'est bien ici, le quartier français qu'on appelle le "Vieux-Carré" ? Je cherche Jim Mississippi, un trompettiste ambianceur qui est venu à Paris, en France, il y a une dizaine d'années... Il dit souvent "Mais si, mais si". »

Eulalie Echo éclata de rire : « Ouh là là, c'était au temps longtemps, ça ! C'était lui ton chagrin ? Tu ne serais pas par hasard la Marquise of Paris, sa Miss Missipissi ? Si tu savais comme il nous a parlé de sa souffleuse aux yeux d'or, et de toute sa famille... Alors, la petite au balcon, c'est un plaisir d'amour à vous deux ? Dire qu'on croyait que le Jim nous racontait des sornettes. »

Eulalie regarda Éléonore avec admiration.

« Tu as traversé tout l'Atlantique avec ta fille pour retrouver ce grand dézingué ? Mais tu es quelqu'un, toi, dis donc ! »

Les yeux d'Éléonore brillaient de joie. Grâce à Eulalie, toutes les rues du Vieux-Carré et des alentours s'activèrent pour chercher Jim, disparu, comme toujours, sans laisser d'adresse. Un joueur de banjo de Bourbon Street prétendit que Mr Mississippi était parti pêcher l'huître au fond du bayou Saint-Jean. Un autre l'avait vu se faire raser le matin même à Franklin Street. Un troisième affirma que l'ambianceur avait passé la nuit avec des voyous, dans un tripot de Basin Street...

Trois jours plus tard, comme il l'avait promis, Mr Conn se présenta chez Eulalie Echo, bien décidé à enlever la belle Éléonore. Mais cette dernière refusa tout de go :

« Je reste ici. Soyez raisonnable, Charles. Vous savez bien que je suis venue pour retrouver le père de Carmel, et je sens qu'il est là, tout près de moi... »

Charles tenta de la décourager : « Il ne vous mérite pas ! Jim est-il toujours l'homme que vous avez aimé ? »

Éléonore ne l'écoutait plus. Il lui semblait déjà entendre le swing de Jim.

À suivre...

TABLE DES MATIÈRES

Cet ouvrage a été composé par
IGS-CP à L'Isle-d'Espagnac (16)